小貓咪擔心
你今天有沒有愛自己

幫幫／著　　白粿／繪

貓奴序｜為我家幫幫作序——KB呆又呆 ⋯⋯⋯⋯⋯ 6

貓主子序｜你好，我叫小幫手——幫幫 ⋯⋯⋯⋯⋯ 9

CHAPTER 1

最漫長的旅程，是我來到你身邊

01｜人生第一次長途旅行 ⋯⋯⋯⋯⋯⋯⋯⋯⋯⋯⋯⋯ 17

02｜闖關遊戲，打敗病毒大魔王 ⋯⋯⋯⋯⋯⋯⋯⋯ 26

03｜你好，土橘貓 ⋯⋯⋯⋯⋯⋯⋯⋯⋯⋯⋯⋯⋯⋯⋯ 34

番外 土橘貓和幫幫相見歡 ⋯⋯⋯⋯⋯⋯⋯⋯⋯⋯ 40

目

錄

 CHAPTER 2

貓際關係

01 ｜ 我的玩具是隻狗 ⋯⋯⋯⋯⋯⋯⋯⋯⋯⋯⋯⋯⋯⋯⋯⋯ 51

02 ｜ 第一個可以稱為「家」的所在 ⋯⋯⋯⋯⋯⋯⋯⋯⋯ 60

03 ｜ 弟弟變妹妹？！ ⋯⋯⋯⋯⋯⋯⋯⋯⋯⋯⋯⋯⋯⋯⋯ 68

04 ｜ 人需要貓，是好事嗎？ ⋯⋯⋯⋯⋯⋯⋯⋯⋯⋯⋯⋯ 75

　　番外 白粿寄養日記 ⋯⋯⋯⋯⋯⋯⋯⋯⋯⋯⋯⋯⋯⋯⋯ 82

 CHAPTER 3

成長的煩惱

01 ｜ 我的蛋蛋呢？ ⋯⋯⋯⋯⋯⋯⋯⋯⋯⋯⋯⋯⋯⋯⋯⋯ 91

02 ｜ 無法選擇的親人，我該拿你怎麼辦？ ⋯⋯⋯⋯⋯⋯ 97

03 ｜ 外面之於宅男，很好但謝謝 ⋯⋯⋯⋯⋯⋯⋯⋯⋯⋯ 105

　　番外 從父子到哥兒們 ⋯⋯⋯⋯⋯⋯⋯⋯⋯⋯⋯⋯⋯⋯ 112

CHAPTER 4
世界的悲傷與溫柔，小貓咪也一起經歷

01｜周歲生日，我的願望是世界和平 119

　　番外 直播間疫情故事 125

02｜客人來訪 128

03｜大房子我們來了！ 137

04｜我尿不出來 143

 CHAPTER 5
家花和野花

01｜土橘貓外遇小漂亮 151

02｜詐騙貓貓從良記 159

　　番外 綁架代替購買 168

03｜土橘貓的遛狗夢 173

目

錄

 CHAPTER 6

抓不住流量密碼，但我們一起長大

01｜拿到百萬粉的金牌牌 ⋯⋯⋯⋯⋯⋯⋯⋯⋯⋯ 181

02｜假錄影之名，行體驗之實 ⋯⋯⋯⋯⋯⋯⋯ 192

03｜「媽媽說我從小就是受氣包」 ⋯⋯⋯⋯ 197

04｜人類的PTSD和治癒 ⋯⋯⋯⋯⋯⋯⋯⋯⋯ 204

番外 至今還是抓不住流量密碼 ⋯⋯⋯⋯⋯ 211

結語｜我也會比你先老去 ⋯⋯⋯⋯⋯⋯⋯⋯⋯ 215

後記｜愛和死亡是每個人都要學習的事情 ⋯⋯⋯ 222

| 貓奴序 |

為我家幫幫作序

KB呆又呆

幫幫是隻哲學貓。

牠在逐漸長大的過程中，愈發顯露出許多與普通貓咪不同的習性。

家裡另一隻貓妹妹——白粿，就是純粹的「貓」，喜歡跑跳、捉小蟲子，警惕外來的人與物，吃藥抵死不從，剪指甲哼哼唧唧……

和白粿相比，幫幫的眼神像人——有的時候執著，有的時候不屑一顧，也會在不動聲色間表現出依戀。牠總是不聲不響地看白粿玩耍，歪著腦袋觀察人類的動向，會花心思學習，待人接物驕矜又禮貌——只有看到食物時，牠才顯露一

個肥宅的本性。

　　我總覺得幫幫的腦袋比普通貓咪大，腦殼圓圓的，裡面好像裝了許多古靈精怪的想法。網路上的朋友都說幫幫是「清華小貓咪」，大概也是在誇牠天資聰穎。

　　有的時候我會擔心，其實幫幫有很多想法，卻隱藏在牠懂事的外表下，如果是粗心一點的家長，可能就不會注意到。而白粿這樣的毛孩，因為喜歡橫衝直撞，稍微暴躁一點的家長可能會討厭牠，嫌牠不夠乖。

　　當然，我知道自己的擔心是多餘的，牠們都在按自己喜歡的方式好好成長著。

　　轉念一想，就如同我擔心著牠們，在牠們小小的腦子裡，是不是也同樣擔心著我呢？畢竟我在牠們眼裡，可能是一個連自己都照顧不好、卻還要笨手笨腳照顧小貓咪的人類吧！

　　所以幫幫提出要寫一本書，其實一點也不令人意外。至於如何介紹這本書，恕我無法組織語言──我和所有老父親一般，只會驕傲地翹起尾巴。

　　於我而言，這一切都是我們平淡如流水的日常。

| 貓主子序 |

你好，我叫小幫手

幫幫

　　你好，我叫小幫手，你也可以叫我幫幫。如你所見，我是一隻貓，品種叫作曼赤肯短腿貓，目前快3歲了，體重4.9公斤。

　　幫幫這個名字的由來其實很隨便。

　　我爹是一名B站UP主（編註：「B站」是bilibili的簡稱，「UP主」指視頻、音頻的上傳者），他一開始想叫我「硬幣」或「收藏」，這是視頻平臺裡用來表示喜歡的按鈕，沒想到這些名字已經被其他UP主朋友搶先用掉了──

　　這些UP主啊，個個都很有一點小心思。

　　剛好我出生那個時候，我爹正沉迷一個叫「Apex」的射擊遊戲，裡面有一把槍叫「輔助手槍（wingman）」，台版

翻譯為「小幫手」，他覺得這個名字挺順口，就直接拿來為我命名。

後來，大家就「幫幫、幫幫」的叫我啦！

以至於現在不管我爹發生什麼事，朋友們都會說：「幫幫幫幫幫幫爸爸吧！」

不明由來的人，還以為我們喜歡繞口令呢！

什麼，你說這樣的介紹並不能讓你了解我？

好吧，試著想像現在是面試場合，你是坐在我對面的HR，那麼我的尾巴會有一點僵硬，這代表我有些緊張。

我面試的職位可能是新媒體行銷或廣告媒介一類的，你也知道，我爹是個B站UP主，我從他那裡學了不少，甚至可以說比他擅長，我們一起製作的視頻也曾獲得一些流量。

我的智商在貓當中算相當不錯的，我能聽從基本的指令，脾氣也很好，善於調節同事之間的關係，這些都是一個

優秀員工需要具備的特質。不過我吃得滿多的，所以希望公司能給出與我的能力相匹配的薪資。

現在，你想雇用我作為你的員工嗎？

⋯⋯放輕鬆，讓我們一起甩甩尾巴。我只是一隻小貓咪，我爹會負責給我買罐頭。

面試不行的話，那我們再換個場景。

想像我們正在相親，氣氛有點緊張。為了緩解我們之間的陌生感，我會請你和我一起吃根貓條。

很多人說，他們對我的感情始於顏值、終於才華。但如果想建立起堅固又深刻的感情，還是麻煩你聽聽我的缺點——

如你所見，我有一點胖，而且比較能吃。當然，為了健康，我已經有意識的在控制自己的體重。

我是個宅男，不太愛動，興趣是看我爸打遊戲。但這並不代表我不熱情，我只是身體不太好，腿又短，所以我爸會

限制我做一些劇烈運動。

　　作為宅男，我不愛出門，不過，這是因為從小到大，出門的回憶總與醫院聯繫在一起，出門通常表示我生病了。

　　我不是不堅強，也不是不希望自己好起來，或許是沒有安全感，每次聽到車子在城市鋼筋叢林裡的轟鳴，我就覺得心慌，害怕回不到溫暖安逸的家。好在每次出門我爹總是陪著我，保證我倆怎麼一起出門、就會怎麼一起回家。

　　咦？你的表情看起來有些難過，對不起，我不是故意說這些不開心的事。這是一隻小貓必然的生命歷程。包括我是一隻結育過的小貓咪，我這輩子其實根本不用相親……咦？你怎麼好像更難過了？

　　當然了，光靠自我介紹並不能讓你全面地了解我，不如直接往下翻，就像翻閱我這隻小貓咪生命中的一頁。

　　你或許會覺得，一隻小貓咪腦子裡除了吃喝拉撒還能有

什麼事？別忘了，當你在幼兒園時，你的爸爸媽媽或許也這樣想。

但你如果記憶夠好，會記得那時候的自己，也和我一樣，正用小小的腦袋努力感知這個世界，試圖理解他人的喜怒哀樂。

現在，你小時候的想法已經被丟失在記憶長河裡。那不妨來看看我的記憶吧！

雖然跟你比起來，我的生命顯得短暫，但是，我也有在認真地記錄生活的點滴，用小貓咪的眼睛觀察，用毛茸茸的腦袋記憶。

雖然你可能不記得，但這就是我們觀察世界、愛上世界的第一步。

你好，我叫小幫手，很高興認識你！

我的爸爸叫KB呆又呆，你也可以叫他土橘貓，我還有一個妹妹叫白粿。

我的爸爸是個想法很多但又笨笨的人類，我的妹妹是沒什麼想法、只懂往前衝的貓咪。

這本書裡，會記錄我們一家三口生活的點點滴滴。土橘貓對我說，人愈長大，知道的東西愈多，心裡的擔憂也愈多。人類會擔心親人、朋友和世界的安危，他常常擔心我和妹妹有沒有好好吃飯，有沒有開心生活……

其實他不知道，我也一樣在擔心他。

不僅是他，我也一樣擔心書本面前的你。

擔心你看書的時候，有沒有好好愛護眼睛，也擔心你看完這本書，能不能感受到小貓咪對人類的愛意。

小貓咪愛你，也擔心你今天有沒有好好愛自己。

最漫長的旅程，
是我來到你身邊

01
人生第一次長途旅行

　　我出生在瀋陽附近一個貓舍，環境不好，籠子擁擠且疏於打掃，吃的也沒什麼營養。我早早離開了媽媽，連喝奶都來不及學。

　　我很小就知道，我一定要離開這裡。

　　但我並不知道未來會何去何從——這取決於貓舍老闆將我賣給誰。當他把我從籠子裡抓出來，放到背板前拍視頻時，我極力表現出小幼貓最萌的樣子，希望能有一次「一眼定終生」的幸運。

　　我無法決定自己的出生，但我的生命能否延續，機會僅此一次，我別無選擇，只能祈禱命運之神站在我這邊。

　　與糟糕的出生環境相反，老闆的銷售文案寫著「土豪首選」，售價也相當昂貴。我忍不住想：真的有冤大頭會被這種文案打動嗎？

　　果不其然，視頻從我1個月大掛到2個月大、2個半月大，老闆每隔兩三天就重發一次，但隨著發文的頻率愈來愈低，我的心也愈來愈涼。雖然沒人當冤大頭是好事，但這也意味著我會失去生存的機會。

　　沒想到在我2個月又16天時，老闆將我從籠子裡拎了出來，給我打了一針疫苗。我狂喜地意識到……我要離開這裡了！

　　喜悅還沒消退，我甚至來不及準備，第二天就被塞進一個航空箱，坐了8個小時的車，終於在半夜到達瀋陽機場。巴士司機哈著白氣，在昏黃的燈光下給我拍了視頻，通知對方

明天一早到浦東機場接我。

第三天清晨，我坐上那天飛往上海的第一班航班。

1033公里──我距離新生活的距離是如此漫長。

我不知道即將降落的世界是紛雜或沉寂，是絢爛或斑駁，但我用盡所有的努力去想像和期待。

飛機上真的很黑，跟我一起飛往上海的有20多隻小貓咪。機艙裡很臭，因為其他小貓咪都忍不住在航空箱裡大小便，還有同伴害怕得一直喵喵叫，嗓子都叫啞了。大家都一樣，為了這次旅行，已經20個小時沒有喝水。

我真的好累，幾次都快睡著了，又被同伴的叫聲驚醒。

為了給即將到來的接機人一個好印象，我忍住飢餓，沒有碰航空箱裡的貓糧，也沒有大小便。

我好忐忑，我們這些小貓咪即將各自擁有完全不同的命運。

命運之神會站在我這邊嗎？我不知道，但我想再怎麼都不會比之前更糟吧！

小小的我並不了解這個大大的世界，不知道世界上有大海、有草坪，還有霓虹燈和氣球。

但這並不妨礙我的幻想。

我試圖去擁抱，試圖去擁有。

離開機艙的那一刻，光忽然照進來，我的眼睛有片刻的不適應，但還是努力地看了看天空。那天的上海是難得放晴的春日好天氣，最綠意盎然的時刻。溫度比東北高了很多，還可以感受到一絲溫柔的風。

又是一段漫長的等待後，我連貓帶箱被塞進一台小巴。小巴開了20多分鐘後靠邊停下，路邊全是等待接貓的人和車。

我幾乎是最後被提下車的，然後就聽到有個人問：「這是我的貓嗎？」

直到這一瞬間，我才真正緊張起來，全身緊繃，只聽見自己的心臟在怦怦跳動，根本聽不清航空箱外面的人類在說些什麼。

等我反應過來，我已經被放在一台車的副駕駛座上，有個聲音在喊——

「小幫手？幫幫！」

我湊到航空箱的鐵柵欄邊，努力把自己的鼻子擠出去。有一隻手伸了過來，我聞了聞，是安心的味道。

忽然，旅程中所有的疲憊湧上心頭，我甚至沒力氣再站著。

我掙扎著張開嘴，用盡全力叫了一聲：「喵——你好！」不知道對方聽懂了嗎？

後來我才知道，原來我竟比訂下我的那個冤大頭先抵達上海，來接我的是愛心媽媽。愛心媽媽是冤大頭的朋友，我和未來的妹妹白粿剛來上海時都先寄養在她家，接下來還要

將近兩個月的時光，才能見到冤大頭。

　　而且冤大頭也沒有對我「一眼定終生」！他觀望了快半個月才猶猶豫豫地選了我。他本來喜歡的貓咪已經有了主人，所以他看到我時，其實沒那麼喜歡，每次刷貓舍朋友圈看到我，他都在猶豫。好在，我那個努力表現的視頻最終打動了他。

　　我當然理解這種心態，也並不介意。

　　冤大頭成了我爹之後，跟我說起當時的心路歷程，他說，如果為了替代另一隻沒有緣分的小貓咪而火速迎接我，他害怕從此以後一看到我會更懷念錯過的小貓咪，所以他反覆的看，反覆的想，來確定從此我們會彼此相伴，會彼此不後悔。

　　真好，謝謝冤大頭，命運之神真的站在我這邊。

　　而冤大頭沒能比我先抵達上海的原因，是他以為將我訂下以後，貓舍會把我養到更大一點再送出來。當時他還沒完

成在泰國留學的學業，要等到拿到畢業證書才能飛來上海，和我一起開啟新生活。

　　沒想到貓舍老闆回了他一句：「牠必須離開，我要騰出籠子給新來的小貓。」

　　冤大頭傻眼了，只好拜託上海的朋友先照顧我，就是後來幫了我們大忙的愛心媽媽。

　　最終，這場漫長的旅程在到達愛心媽媽家時結束了。

　　愛心媽媽用鉗子扭開航空箱門上鎖緊的鐵絲時，我完全沒有猶豫，抬起腳邁出新生活的第一步。

　　乾淨的碗，香香的飯，寬敞又只屬於我的貓砂盆……真好！

　　很快的，我就沉入夢鄉。

　　夢裡，是剛才回家經過的高架橋。我在路上飛奔，兩側是春天盛開的杜鵑花。

02

闖關遊戲，
打敗病毒大魔王

到愛心媽媽家的第三天，我生病了。

旅途的疲勞和對未來的緊張，讓之前潛藏在我身體中的病毒全都爆發出來。最初的症狀是左眼發炎，開始流膿。

於是我踏上了長達一個月的復健之路。

第一次去醫院，是一位姓蘭的醫生幫我看診。說句題外話，這個看起來鐵漢柔情的東北大哥後來因為一部講述寵物醫院的紀錄片走紅，幫助了更多的小動物。「溫柔的人總會

在溫柔的地方發光發熱」，這句話說得一點也沒錯！

　　我在醫院做了全面性的檢查，藺醫生看我的眼神充滿憐憫，他問愛心媽媽：「妳的小貓哪裡來的？之前生活的環境也太差了！」

　　愛心媽媽還沒意識到問題有多嚴重，於是藺醫生向她說明檢查結果，我體內攜帶著冠狀病毒——放心，是貓冠狀，不會傳染人，但會終生攜帶。另外我的發炎指數也很高，不能確定是病毒導致的，只能先給我打5針干擾素，每天1針。還有，針對眼睛的發炎，每隔4個小時就要滴一次眼藥水。

　　此外，我還驗出有一些亂七八糟的小毛病，比如耳朵裡面全是馬拉色菌，藺醫生開給我抗菌藥膏，每天塗1次，要連塗21天。

　　愛心媽媽還在醫院裡現場學習如何幫我洗耳朵，這也是我第一次「腦袋進水」。

　　小貓咪的耳朵是個L型管道，藥水灌進去後，醫生把耳

朵按住，嘰咕嘰咕的揉一揉，讓藥水在裡面晃蕩，把耳壁上的耳屎沖下來，然後拿團棉花塞住我的耳朵，我甩甩頭，耳屎就全部黏在棉花上啦！

黑黑的一坨坨，超噁心！

各位貓爸貓媽，洗耳朵的方法你們學會了嗎？如果你們家的貓咪也像我一樣是耳屎貓，一定要讓牠們「腦袋進水」，否則小貓咪每天都會耳癢難耐！

總之，我接下來一連5天都要去醫院，每天挨1針。

打到後來我都麻木，我成為醫院的打針冠軍，不哭不鬧，自己從籠子裡走出來，在打針臺上等醫生，一動也不動讓他扎針。

連醫生都誇我說：「幫幫好乖好可愛，也好可憐哦！」

我倒不覺得自己可憐。

雖然我只是一隻不到3個月的小貓咪，但我想，病痛可能是生命自帶的闖關遊戲，闖得過去，就會獲得獎勵，闖不過

去，就GAME OVER！這個遊戲會一直持續到生命的最後一天，有些人會愈玩愈難，但也有些人被命運之神開了掛，一路暢行無阻。

我唯一和別人不一樣的地方，是我在新手村就不小心打開了困難模式。

但能怎麼辦呢？

就像愛心媽媽常常說的，也只能「關關難過關關過」啦！

每次去醫院，都能看見各種各樣的小動物在這裡闖關打怪。牠們遇到怪時，也會和我一樣緊張不安，有的打怪成功，歡歡喜喜的離開；有的闖關失敗，生命帳號從此離線。如果命運是設定好的遊戲程式，那我們能做的就是努力打怪，永不放棄，直到拿到獎勵，等待下一關到來。

如果你和我一樣，也是困難模式的遊戲選手，麻煩你像

我一樣，不要輕言放棄！

你願意讓大魔王獲得勝利嗎？

我不願意，我的經典台詞就是：「如果現在放棄，比賽就結束了！」

不過，小貓咪打怪的模式和人類不同。

因為我們不會說人話，難受的時候，我們只能自己舔毛，除非有人發現我們的異常。

好在我身邊一直有細心的人類陪我闖關，是他們一遍遍的陪我試錯，最終找到殺怪最有效的武器。

比如眼睛發炎的狀況，醫生一開始以為是病毒感染，結果治了一個星期，兩眼都爛了！經歷一番痛苦的排查，又被抽了一管血，最後才終於發現，我身上攜帶的是病毒，但眼睛卻是細菌感染……

這個過程現在說起來只有幾行字，但當時真的好折磨，人和貓都身心俱疲。

愛心媽媽每天醒來的第一件事，就是看我的眼屎有沒有

少一些，然後拍視頻給冤大頭看，但每天早上我的眼睛都被眼屎和流膿給糊住，要很用力睜開才能看見世界……

連續5天的打針結束，接下來的一個星期裡，我每隔4個小時就要滴一次眼藥水。在這樣的費心治療下，我的眼睛依然沒有好轉的跡象，可以想像愛心媽媽和冤大頭的心理壓力有多大。

偏偏我又無法準確的告訴他們我的感覺，幫助他們找到癥結。

真是急死貓了！

好在最後醫生找對了病因，換了眼藥水，也給我開了貓咪的抗生素。因為我實在太小，體重太輕，醫生把藥片磨成粉，分成很小很小的劑量，讓愛心媽媽每天兌水，用針筒餵我服用。

開藥的時候，醫生非常猶豫的跟愛心媽媽說：「這個藥很苦很苦，小貓咪肯定不願意吃的，餵藥的時候一定要塞

進牠嘴裡，按住牠的嘴巴，然後用手撫摸脖子，讓牠吞下去。」

結果呢？他們真是小瞧了我康復的決心！

一開始愛心媽媽還用針筒餵我吃，後來她發現我吃藥根本不用逼，直接把藥粉撒在罐罐裡，我就一起舔掉了！

我不只是打針冠軍，我還是吃藥冠軍！

終於，在快滿4個月大時，我康復了！

我生下來就病懨懨、髒兮兮的，現在卻變得閃閃可愛！雖然身體可能還是比一般小貓咪差一些，但是我精神百倍。

下一次闖關遊戲不知道是什麼時候，但我沒在怕的哦！

03
你好，土橘貓

在病中，我第一次見到以後要常年在一起的爸爸，也就是那個訂下我的冤大頭，他叫KB呆又呆。

我記得那是4月底的某一天，愛心媽媽告訴我，有個遊戲公司的新聞發布會邀請爸爸來上海參加，他可以藉此來見我一面。

謝謝遊戲公司！他們幫我爹出了機票和酒店錢，給了我們見面的機會。

爸爸其實每天都在家上班，工作內容是坐在電腦前，對著看不見的觀眾說話和打遊戲。在我倆還沒見面的那段時間

裡，愛心媽媽會用電腦播放他的直播。

　　每天聽他的聲音，感覺對他有了一種虛假的熟悉──廢話挺多，說話還帶著男孩還沒成熟的音色，除了射擊遊戲，其他玩得都有點菜。因為常聽他打遊戲，害得我夢裡都是砰砰砰的槍聲。

　　聽說他本人要來上海，還挺有網友見面的味道。

　　除了爸爸，有的時候我也會叫他「土橘貓」。我們沒見面的時候，我和他打過視頻電話，他的QQ暱稱叫「橘貓」；後來好像因為五行缺土還缺木這不知什麼鬼理由，又把暱稱改成「森林土橘貓」。

　　好吧，畢竟橘貓到處都是，但土橘貓只有這一隻。

　　第一次見面我印象滿深刻的。

　　那天傍晚，他給愛心媽媽打電話，說工作結束了，現在

就過來見我。

我好緊張哦！

試想一下，在你此後不管漫長還是短暫的生命裡，都將與這個人相伴而過，他不僅僅是你一輩子的室友，還是你的親人、朋友和飯票。

而你之前對他的了解僅只透過網絡，透過身邊人的隻字片語，透過手機對話……而且我的眼睛還爛了，根本看不清楚！

直到我見到他的那一刻——

土橘貓穿著一條洗得褪色的工裝九分褲，一件胸口繡著貓咪的白T恤，外面套著一件條紋襯衫……怎麼說呢，就是很像一個工程師。

外加他的劉海厚厚的蓋在額前，黑框眼鏡幾乎把眼睛完全遮住——就更像工程師了！

他見到我，第一句話就是：「幫幫！你怎麼哭了？好醜哦……」

一切的緊張都煙消雲散了，我們像是已經認識了很久的朋友，久到我可以用小貓咪的髒話罵他。

我那是生病了，我眼睛又大又圓又亮，你這個不識貨的傢伙！

後來他小心翼翼的把我抱進懷裡，笨拙的給我滴眼藥水，我哭得更厲害了……不！我才沒有哭，是眼藥水啦！

那天他跟我說了很多的話，說他沒那麼快來上海，讓我別著急，因為他還在寫畢業論文，5月份要回泰國口試，要拿到畢業證書之後，才能正式回國，搬來上海和我同居。

據說他在泰國養過一隻叫啾啾的金吉拉，是他在泰國的市集裡遇見的，他們真的是一見鍾情，他看到啾啾的第一眼，就確定是牠了！

不過啾啾是一隻渾身毛病的母貓，泰國過於潮濕，牠的貓癬三天兩頭就發作，甚至還傳染給了土橘貓。加上他不能把啾啾帶回國，只能託付給當時的室友。

從他生命裡路過的小動物，還有一隻叫麥克雷的白額高腳蜘蛛、一隻叫皮皮的鸚鵡。

接下來要入住土橘貓生命公寓的小動物，是我。

這時我才意識到，原來人類的生命長度和我們不一樣，以至於我們的緣分並不那麼深厚。我以為是一輩子的漫長陪伴，對於人類而言，可能只是生命中的一小段，我們只能互相陪伴走了這麼一段旅程，就要各自走各自的路了。

小貓咪有小貓咪的不得已，人類也有人類的不得已。

後來土橘貓直接在愛心媽媽家裡的沙發上睡著了，因為他昨晚通宵直播後就搭一早的航班來上海，工作完又馬不停蹄來見我，陪我玩了一會兒就睡成了一隻「死貓」。

我爬到他身上，看著睡夢裡的他，好想問他：「無論生老病死，無論貧窮富貴，你都願意與我走一段嗎？」

可惜，我只發出了「喵」的一聲。

但我心裡知道，我已經做好了所有的準備，他一定也準備好了。

那就一起走一段吧！他看起來笨笨的，從今往後，需要我擔心的事情還多著呢！

這樣想著想著，我也趴在他的胸口睡著了。

最後告訴大家一個小祕密：

小貓咪喵喵叫的時候，其實是試圖跟人類對話哦！我們小貓咪之間要是想要對話，只需要互相聞一聞、舔一舔就可以了。

所以，當你心愛的小貓咪對著你「喵喵喵」的時候，一定要好好猜猜牠想對你說的話。

那很可能是一句愛的告白。

土橘貓和幫幫相見歡

By KB 呆又呆

土橘貓是我第一位，也是唯一一位家長。

但我並不是他的第一隻貓。

我也會好奇，

他是怎麼看待我和他養過的其他小動物。

於是我邀請他寫了一篇回憶……

　　第一次在微信朋友圈裡刷到幫幫視頻的時候，我根本無動於衷。那個視頻濾鏡開太大了，把牠臉上的黃毛濾得快沒了，只剩下一小坨，看起來像媒婆痣。

　　一開始我想養的是一隻銀灰美國短毛貓，但是賣家很不靠譜，等我找到他的貓舍，「夢中情貓」已經被人預訂了。

　　與此同時，幫幫的賣家仍然不停在朋友圈裡發牠的短視頻，大概發了四、五次。其實我覺得幫幫也就一般可愛，但不得不承認，我被「土豪首選」這幾個字誘惑了。雖然我沒什麼錢，但「土豪首選小貓咪」感覺就比普通小貓咪可愛一些——

　　現在我成長了，終於發現可愛的不是「土豪首選」，而是幫幫本幫！

　　從小，我養過非常多寵物，但小朋友其實根本不知道該如何飼養另一種生物，於是我的寵物們，總會出現各種各樣

的問題。

我一開始養鸚鵡，玄鳳和牡丹都養過，都是放養，沒有關進籠子裡。有天我上學前忘了關窗，放學回來時，當時養的鸚鵡已經不見了，大概牠嚮往自由，就是就頭也不回的飛向了自由。

下一隻鸚鵡叫皮皮，養了挺長一段時間，牠會在我的手上吃東西，停在我的肩膀上。後來牠胃裡長了結石，慢慢的無法消化食物，最後因此而死。我將牠埋在樓下的樹下。

我養過的寵物裡，比較離譜的是一隻白額高腳蜘蛛，與其說是我養的，其實我只給牠取了名字——麥克雷。

買蜘蛛的原因是家裡有蟑螂，網路上說蜘蛛能吃蟑螂，於是我就在電商平臺買了一隻。

寄來的快遞只有一個紙盒，沒有其他的包裝。紙盒打開，裡面赫然是一隻蜘蛛。

打開紙盒的那一刻，麥克雷就衝出牢籠，鑽進我的床底，從此我再也沒有見過牠。直到一個月後，我發現牠長大

了一些，斷了一條腿，安安靜靜地立在門上。我碰了牠一下，發現牠已經死了。

另外還有各式各樣的寵物，比如烏龜，我養著養著，以為牠失蹤了，實際上牠爬到電視櫃後面，被卡在櫃子和牆壁中間。

還有蟈蟈，牠叫得好大聲，但我放假去鄉下玩了兩天回來，牠也不見了。

往事，不堪回首。

直到去泰國留學後，我才養了生命中的第一隻貓咪，牠叫啾啾，一隻白色扁臉的金吉拉小母貓。

啾啾是我陪兩個同學去逛泰國的市集遇見的。那是一個只在週末開放的巨大市集，裡面什麼都賣，我們遇到一家賣寵物的小店，有點像花鳥市場，亂亂的，什麼都有，啾啾是裡面看起來最不活潑、有氣無力的貓。

但牠逕自走到我面前，舔了舔我。

　　我想，牠大概是想當我的貓吧！於是我當下就決定把牠帶回合租的小房子，和室友一起養牠。

　　我跟啾啾一起度過在泰國的兩年留學生活，啾啾從小體弱多病，我租的房子也比較簡陋，泰國又非常潮濕，啾啾身上的貓癬反反覆覆，我時常會被傳染。

　　後來牠眼睛出了問題，一直流淚，每天都要給牠擦眼屎。不知道是因為泰國的寵物醫院不專業，還是我蹩腳的英文、泰文和手語真的無法和醫生溝通，每次醫生開回來的都是眼藥水，怎麼滴都不會好，最後瞎了一眼。

　　但啾啾看起來總是很快樂，牠每天等我放學回家，硬賴在我的床上蹭我，然後打滾兒。

　　畢業回國的時候，我將啾啾託付給留在泰國的室友。那時候，有很多迷茫和未知在等我。

　　我想去上海做全職UP主，但我爸並不贊同，他覺得我和他住在一起不用付房租，每個月賺得比平均工資高，就能生

活了。

　　如果去上海，生活費高到離譜，也不知道我能不能活下來。

　　但我不聽勸，仍然下定決心要一個人去上海。我打算給自己一年時間，就當是去闖一闖、玩一玩，萬一生活會有不一樣的故事發生呢？

　　在上海，一個人住，我大概真的很需要身邊有個跑跑跳跳的寵物，讓家裡顯得熱鬧點，所以就迫不及待訂下了幫幫。

　　我想，有貓在，一切都會好起來。

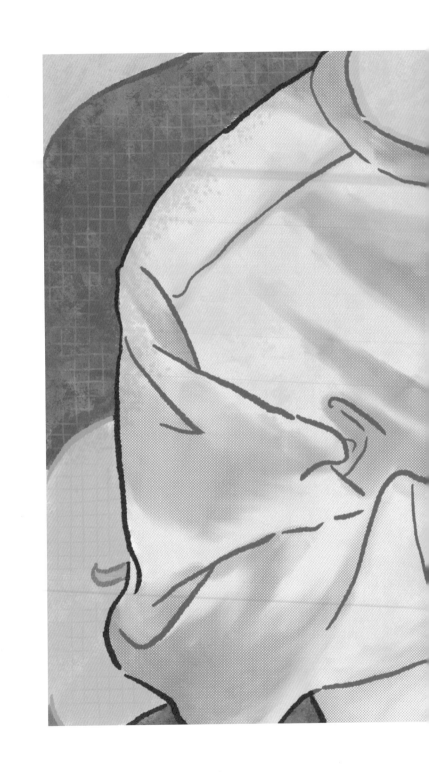

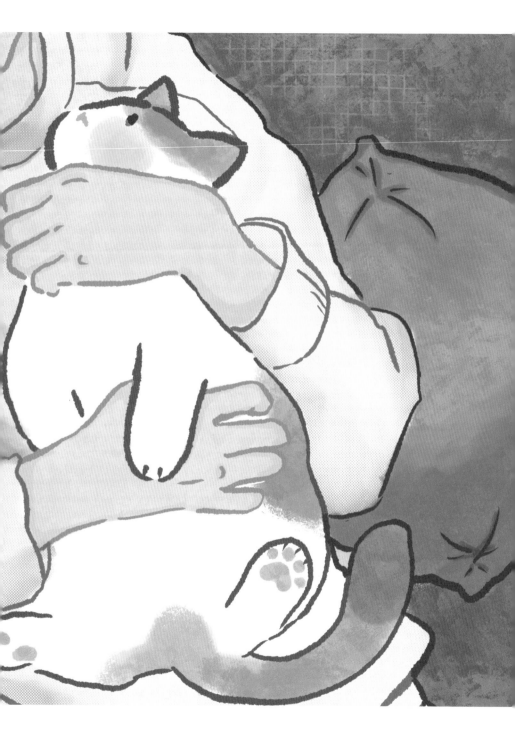

貓際關係

01
我的玩具是隻狗

　　到上海沒多久，我見到了「十萬加」——牠是隻英國可卡犬，當時已經2歲了，也是寄養在愛心媽媽家的小朋友。

　　牠自我介紹說，牠有個英文名叫Bruce，因為胸口有一撮蝙蝠形狀的白毛，牠爸爸就用蝙蝠俠「布魯斯・韋恩」的名字叫牠了。

　　加仔是我在上海交的第一個朋友，也是唯一的狗朋友。在可卡犬的品種介紹裡，有「善良熱情、服從性高」八個大字，據說就是這八個字吸引了加仔牠爸爸。牠說可卡犬在國內還挺少有人養的，但是經常可以在機場之類的地方見到

——一些跟牠同品種的狗會去上班。

聽起來有點像是人類所謂的「社畜」品種。

和其他努力工作的可卡犬比起來，加仔就是純粹的摸魚狗，每天的生活內容就是吃飯、睡覺、出門玩。

對貓來說，加仔體型巨大，一個牠是三個我大。加仔的耳朵也很大，喝水的時候老浸到水盆裡，一甩頭，還能用耳朵搧我巴掌。牠還沒有尾巴，據說出生的時候有，後來被繁育的狗場剪斷了，因為牠們這個品種最初是獵鷸犬——捕鳥小能手是不能有尾巴的，容易在森林裡碰到草木發出聲音驚動獵物。

問題是你現在也不捕鳥了呀，那斷尾做什麼……我不理解。

後來我還知道，原來柯基犬的尾巴最初會被剪掉，是因為牠們是牧牛犬，人們怕牠們放牛的時候，尾巴被牛踩到；

久而久之，人類就習慣性的把柯基犬的尾巴剪掉了。

這麼一想，人類還滿無聊的。

加仔是一隻非常熱情奔放的狗，性格跟我完全不一樣。

見到牠的第一面，牠就搖著屁股，衝上前聞我，甚至還想聞我屁股，氣得我給了牠一巴掌。可惜我當時不到三個月，貓貓拳毫無威力。但牠根本沒有記仇，仍然孜孜不倦地鬧我。拗不過牠，我只好勉為其難陪牠玩了一會兒。就這樣，我們成了朋友。

看得出來加仔是在充滿愛的氛圍中長大，牠對人類永遠熱情，無限依賴。附近所有商店的叔叔阿姨們都認識牠，喜歡牠。牠每天都出去玩，一家店一家店進去打招呼，每個叔叔阿姨都會笑著摸摸牠。

不過，據說小時候的加仔沒那麼聽話，年幼無知的牠會在家裡隨地大小便，把廁所的衛生紙扯得滿房間都是，甚至會對主人快遞裡的昂貴鞋子施展從拆封到咬爛的一條龍服務。

最最可怕的是，牠竟然愛吃便便。

愛心媽媽偷偷告訴我，加仔小時候因為還沒打疫苗，不能出門玩，所以只能在家裡大小便。但牠學不會上廁所，經常從廁所一路拉到客廳，於是老被主人教訓，久了之後，加仔出現認知偏差，以為主人看到牠的便便就會不開心，於是常常會趁主人不注意時，拉完就立刻把自己的便便吃掉。

愛心媽媽想了很多辦法都戒不掉牠這個習慣，網上有人說，在狗便便裡加入辣椒，狗一吃發現好辣，以後就不會再吃了。於是愛心媽媽就偷偷在加仔的屎上滴了辣椒油……

結果這個實驗的新發現是──加仔愛吃辣！

還是我們小貓咪好，我們天生就會用貓砂盆！

為了矯正加仔的錯誤認知，牠小小年紀就被主人送去上學了。加仔在狗狗學校待了2個月，學習聽指令和出門大小便。現在的牠是優秀畢業生，不僅不吃便便了，還能聽懂許多簡單的人類詞彙。

在跟人類溝通的時候，我不得不承認，牠確實比我在行

一些。

　　但在人類孜孜不倦的教導下，加仔也學會一些毫無意義的指令。

　　愛心媽媽和加仔一起表演給我看過，除了坐下、趴下、不許動之外，人類做一個比槍的動作，嘴裡發出「砰」的一聲，加仔就會配合地躺倒在地上；人類手繞圈，說「打個滾兒」，牠還能順著時針的方向滾一圈。

　　人和狗都好無聊啊！

　　這些指令在我看來沒有任何實際意義，但他們雙方都樂此不疲，每天玩好多遍。不僅碰到新朋友就要展示給人家看，甚至我作為一隻貓，他們也要演給我看。就像人類過年的時候，小朋友要給不認識的親戚表演背古詩和彈鋼琴。

　　加仔說：「你不懂，這些指令的意義是快樂，**人類快樂了，我也從他們的快樂中獲得快樂。我們之間的羈絆，就是靠這些快樂而愈發深刻。**」

好傢伙，牠還不著痕跡地給我上了一課。

不過牠對人類的無條件順從，還是有些好處。比如說，碰到體型比牠小非常多的我，人類會告訴牠，一起玩的時候不可以張嘴，因為控制不好力度，小貓咪會被咬傷的！於是牠每次催促我陪牠玩的時候，就只會乖乖拿牠的長鼻子拱我，從來不會張嘴咬我。

因為在籠子裡出生長大，很多小動物天生應該會的東西我都不會，這時加仔就是一個勤奮又熱情的老師。

牠帶著我學習捕獵，我們不停地追逐撲倒對方，這真是個有趣的遊戲。即使只有3個月大，我偶爾也會獲得勝利。我咬住加仔厚實的屁股，加仔就順勢倒在地上，假裝向我投降。可惜每次愛心媽媽都在旁邊監督，我們才玩幾分鐘，就命令我們鳴金收兵，各自休息。

託加仔的福，追逐完以後，飯變得更香了，我感覺身體在一天天好起來。

後來我漸漸發現，加仔也不是看起來那麼開朗樂觀，牠

的小嫉妒心超級強！

　　特別是在牠覺得人類對我的關注超過對牠的時候。

　　如果愛心媽媽一直摸我，跟我說話而忽略了牠，牠會飛速衝過來，一屁股擠進愛心媽媽懷裡，用大大的狗眼渴望地看著她，直到她失笑，溫柔地撫摸牠，牠才得到滿足。

　　我大為震撼，用人類流行的話來說就是──「牠真的好綠茶哦！」

　　無奈這招對人類特別有用，加仔用盡一切辦法對人類表示「多愛我一點」，人類就會忍不住回饋牠更多的愛意。

　　加仔，你又給我上了一課！

　　可惜離開愛心媽媽家之後，我和加仔只有偶爾才能見上一面。好在每次牠都一如既往的熱情。

　　經過這幾年，我們已漸漸步入中年貓狗的行列，希望老朋友一切都好！

02
第一個可以稱為「家」的所在

2019年5月底，土橘貓終於來到上海，這意味著我終於要搬家了。

我上一次「搬家」，只用了一個航空箱，就從東北到了上海。而土橘貓要搬來上海，比我那次複雜太多。

因為工作的關係，土橘貓對房子的要求還不少。他工作和生活都在一個小房子裡，直播時偶爾還會大喊大叫，所以左鄰右舍最好少一點人，隔音還要好。他又不會做飯，最好住在一個外賣多且方便的地方。最重要的是，房東得同意他

養寵物。

　　但與複雜的需求相反，他的預算非常有限……

　　最終，我們在徐匯區租到一間老公寓，50平方米，兩個房間——小的作為工作室用來放電腦，大的同時是飯廳、客廳和臥室。

　　這個小區是20世紀80年代興建的，看起來已經很老舊，樓下還有老爺爺種的絲瓜和青椒，倒是長得鬱鬱蔥蔥、欣欣向榮。一樓住著一隻牙都掉光的老西高地梗犬，每當有人路過，牠都會叫喚兩聲。

　　我們的新家小小的，也有些簡陋，浴室甚至狹窄到難以轉身，但好心的房東重新粉刷過，還換了新馬桶。

　　說起這個馬桶，土橘貓第一次裝馬桶時，不知道新馬桶裝好後要放一天，等黏膠乾了才能使用。搬進新家第一天，他才發現馬桶還不能用，又嫌棄樓下公共廁所髒臭，急得像熱鍋上的螞蟻。那天晚上他憋了好久，熬到工作結束，才叫車衝去朋友家上廁所。

你說，人類要是會用貓砂盆，該省多少事！

此外，房東叔叔阿姨還幫我們添置新的沙發、電視和小冰箱。我們的運氣真的很好！

房東是一對年輕夫妻，阿姨在一家互聯網大公司上班，特別了解UP主的職業，叔叔自己創業經營一家寵物網紅經紀公司。他們家也養著兩隻小貓咪——這真是巧兒媽媽給巧兒開門，巧到家了！

我們搬進去沒多久，房東阿姨竟打電話來說：「KB呀，我在公司健身房的電視上看見你和幫幫的視頻了！」搞得我們怪不好意思的。

後來我和土橘貓一起在這間小房子裡拍了很多亂七八糟的視頻，也搞了一些破壞，比如土橘貓把雙面膠和保鮮膜貼在門框上，訓練我和白粿跨越障礙。這些小破壞雖然最後我們都會盡力還原，但房東都在視頻裡看見了。為了磨爪子，我還忍不住抓壞了房東叔叔買的新沙發。

好在他們都沒有介意，也沒有責怪我們。謝謝房東叔叔阿姨，你們真好！

時間回到搬家當天，土橘貓拎著航空箱來愛心媽媽家接我。

兩地距離不遠，開車10分鐘就到。穿過老爺爺的絲瓜基地，土橘貓一路把我扛上五樓。

終於站在家門口，他抱著航空箱，箱子裡裝著小小的我。我們一起看著新家的大鐵門。

土橘貓說：「幫幫啊，以後委屈你了，爸爸沒什麼錢，不能讓你住大房子。」

我對他喵喵叫：「我是那種嫌貧愛富的貓嗎？」

走到客廳，土橘貓把我放出來，那時家裡好多家具都還沒有安置齊全，看起來怪簡陋的。

很奇怪，我從來沒見過這個小房子，卻對它期待許久。雖然在一些人類的眼裡，這只是一間簡陋的房子，但在我眼

裡，一切都剛剛好，甚至比我想像中的更好。

藍色的大窗簾，窗外的麻雀，可以在上面打滾兒的純棉被單。我在房間裡繞圈圈，在床鋪、沙發、電視櫃上都留下自己的味道。

這是我的家！

這一刻開始我終於有家了。

為了慶祝我們正式開啟新生活，土橘貓特地給我煮了蝦和魚，給自己點了一個貴貴的外賣。我們一起在從IKEA買回來的小餐桌上，吃了頓美美的晚飯。

我知道土橘貓的憂慮。

他準備來上海的時候，口袋裡沒多少錢，但家裡等著用錢的地方很多。他粉絲數量不多，好幾個月才能接到一個廣告，每個月主要靠著平臺發的工資過日子，跟平臺的合同也快到期了。

　　像他這樣的小主播，平臺一抓一大把，屬於可有可無的存在。眼見以前跟他一起打遊戲的朋友們事業火紅，各自走上致富的道路，他卻每天因為直播間低迷的人氣而煩惱。

　　如果待在福州，至少不用為房租發愁，生活費也低；上海所謂的發展機會，在當時看來實在很虛無縹緲。

　　可能因為我在上海等他，因為「上海」在上海等他，他牙一咬、腳一跺就搬來了。他心裡已經想好，給自己一年時間，要是在上海混不下去，就把我打包一起帶回福州。

　　搬來上海幾天後，土橘貓去B站領回10萬粉絲的銀色小獎牌——截至那天，他的粉絲只有不到50萬。

　　晚上回家，土橘貓很憂慮的說：「為什麼B站的獎牌只有10萬粉和100萬粉兩種呢？如果50萬粉也有獎牌就好了！我要什麼時候才能拿到100萬粉的金牌牌……」

　　我不知道怎麼安慰他。小貓咪的生活很簡單，不管是金牌牌也好，銀牌牌也罷，我們最喜歡的，只有瓦楞紙做的貓

抓板牌牌。

　　小貓咪也不知道人類的財富密碼在哪裡，我覺得，人類成功靠的是99%的努力和1%的運氣。雖然你努力了99%，但最後1%的運氣能不能抓住，誰也說不準。

　　我只能輕輕的靠近他，讓他擼一擼我柔軟的後頸肉——也不知道自己的鼓勵對他有沒有用。

　　我只能感謝命運之神一次次的站在我們這邊，無論如何，我們跨過了各式各樣的障礙，終於構建起一個新家。

　　暫時先忘了以後的艱難險阻，好好睡上一覺吧！我記得那床曬出陽光香味的被子，和我們都覺得陌生的被窩。

　　在新家的第一個夜裡，我們相擁而眠。

　　成功不是任何人和貓能保證的事情，但生活總會繼續。

　　比如第二天早上，因為我壓著土橘貓的胳膊睡了一整晚，他落枕了。

　　父愛如山。

03

弟弟變妹妹？！

6月上旬某一天，土橘貓跟我說：「幫幫，你要有一個弟弟啦！」

太突然了吧？不僅對於我，對於土橘貓來說也是。他在微信朋友圈看到貓舍的短視頻，忽然對一隻銀灰色小貓一見鍾情。跟養我時的猶豫完全不一樣，從他決定到小貓飛來上海，僅僅過了4天。

我知道他想讓家裡有好多隻貓，熱熱鬧鬧的，但沒想到這麼快。土橘貓覺得，如果要有好多隻貓，那最好從小和我一起長大，這樣我們的感情會比較好。為了不讓我被欺負，

他特地挑了一隻也是短腿的小貓。

　　那是一隻灰白漸層長毛短腿貓，有的地方說這個品種叫
「米努特」，或者「拿破崙」。

　　他給弟弟想了很多名字，最後決定用一種福州特產「白
粿」給新來的小貓命名。

　　白粿是一種糯米製品，類似於上海的年糕，聽上去又白
又軟糯，是個很好相處的名字。

　　土橘貓一邊取名，一邊冷靜下來，發現我們家太小了，
不利於白粿剛來的隔離生活。於是白粿跟我一樣，會在來到
上海後先到愛心媽媽家進行觀察。

　　對了！你們一定要記得這點哦，隔離新來的小貓咪非常
有必要！新的小貓咪剛來到有貓的家庭時，最好先將兩隻貓
隔離在不同的空間內，不讓牠們見面。一方面是為了讓兩隻
小貓咪先互相試探，慢慢習慣對方的存在；另一方面也要察
看新來的小貓咪身上有沒有什麼傳染病，以防傳染給「原住

民」。

從準備接白粿開始，事情就漸漸顯露出不太對勁的苗頭。

白粿的航班是從重慶飛到上海的。當時我就很迷惑，我們都是土橘貓在同一家貓舍買的，為什麼我從瀋陽來，白粿從重慶來？

無論如何，白粿已經到了上海，土橘貓在機場的物流中心接到了牠。

但牠不像我，這一路飛來，他把航空箱裡拉得又是便便又是尿尿，一見到土橘貓，就嗷嗷叫喚。

小貓咪的叫喚人類聽不懂，所以一切都還是那麼可愛。

白粿終於住進愛心媽媽家，熟悉了一下環境之後——

土橘貓赫然發現，說好的小公貓呢？怎麼沒有蛋蛋！他呆滯在現場，甚至不死心地上網查詢小貓咪幾個月大看得出公母，以及公貓出現隱睪的表現，最後他得出一個結論——白粿是隻母貓。

　　說實話，白粿跟之前土橘貓在視頻裡看到的小貓咪，根本不一樣！那個視頻估計開了800倍濾鏡，只能勉強看出是貓的輪廓。

　　我猜，直男可能真的看不懂濾鏡這個東西，不管是在女孩子的照片裡，還是在小貓咪的視頻上。

　　言歸正傳，土橘貓當時以為貓舍寄錯貓了，打電話過去問：「明明說好的公貓怎麼變性了？」貓舍回答：「哎呀，當時跟你說錯了，是母貓！因為這一窩只有牠是短腿的，就是牠沒錯！」

　　這時土橘貓才意識到自己可能被騙了，因為母貓在結育等各方面都比公貓麻煩，聽說在市場上沒有公貓好賣，無良商人為了想要成交，就謊報了性別。而從重慶寄出的原因就更簡單了，這個貓舍並不是親自繁育小貓的。

　　有的時候人類的腦子確實不如貓。

　　我的身體那麼差，土橘貓是個冤大頭才會買我！但他不僅買了我，還買下了白粿，在同一家店上了兩次當。這麼一想，很多爺爺奶奶被詐騙了好幾次，也不能全怪他們，只能說詐騙犯太可惡了！人類就是會在同一個坑裡跌倒兩次的動物。

　　但白粿已經到上海了——公母這件事情，土橘貓已經沒有了與貓舍討價還價的餘地。

　　其實性別並不是太大的問題。一開始土橘貓選擇公貓，只是預防住在一起之後，萬一有一隻貓早早發情，不會釀成無法挽回的惡果。

　　母貓問題也不大，只是要盡早結育。

　　更嚴重的問題來了！

　　土橘貓在擼白粿的時候，發現牠的尾巴上有一大團毛黏在一起，好不容易才梳開——是貓癬！

　　土橘貓嚇壞了，趕緊給白粿做全身檢查。白粿是長毛

72

貓，皮膚問題掩蓋在亂糟糟的長毛底下，乍看根本不會注意到。最後，白粿身上被發現大概有四五處貓癬，簡直是一隻爛皮禿貓。

土橘貓再次打電話給貓舍，貓舍的答覆是：「不想要可以7天後把貓寄回來，但要自己出運費，費用可以退，但之前的運費和訂金不退。」

土橘貓陷入了猶豫。倒不是錢的問題，主要是，上海到重慶那麼遠，白粿來一趟就筋疲力盡，如果7天後再送牠回去，牠又要受一次罪。二來回到貓舍手中，白粿的命運會怎麼樣呢？貓舍會給白粿治病嗎？還是繼續對牠的病視而不見，再拍一個濾鏡加大的視頻，企圖賣給下一個冤大頭？如果白粿日漸長大，賣不出去，是不是就要被處理掉？

在土橘貓猶豫的時候，白粿暫時住在愛心媽媽家——貓癬會傳染給人，牠被隔離了。

白粿求生欲很強，為了留下來，牠用了跟我完全不同的方法。牠整夜不停的號叫，叫到嗓子啞了，只能發出嘶啞的

聲音，依舊不停止。

　　白粿叫到愛心媽媽又心疼又崩潰的給土橘貓打電話。土橘貓一拍大腿，養吧！

　　小貓咪總是無辜的。

　　人類因為欲望將小貓咪帶到這個世界上，小貓咪無力抗衡。在有些人類眼裡，我們的出生只是代表謊言與交易。有時候，因為人類的審美，我們的標價從千到萬，有時候，也只看值不值得700元運費。

　　這些本與小貓咪無關，卻決定了我們的生存或死亡。

　　雖然我能理解，在有些人類眼裡，貓只是商品，是可以牟利的工具，與他們生產出來的服裝、食品沒有區別。但從貓的角度看，未免有些淒涼。

　　謝謝土橘貓，雖然自己吃了虧，但他沒有把傷害轉嫁到白粿身上。

04

人需要貓，是好事嗎？

　　土橘貓決定養白粿，是在白粿來到上海的第三天。

　　白粿被送進醫院體檢，牠感染貓癬的皮膚全部開始潰爛，醫生不得不把牠的長毛剃光，便於上藥。白粿體內也檢查出冠狀病毒和馬拉色菌，牠沒比我好到哪裡去，甚至比我剛來的時候更瘦小。

　　醫生小姐姐在給白粿剃毛的時候還發現，牠腳後跟處有一整塊磨損潰爛的傷口，很有可能是之前的生存環境太狹小，在籠子裡磨出來的。可見白粿來上海之前，過的日子還不如我。

惡劣的環境讓白粿養成了令人心疼的習慣，牠吃飯會護食，狼吞虎嚥，發出嗷嗚嗷嗚的聲音，不允許有人碰牠的飯盆。但牠最後永遠會留幾粒貓糧不吃完，生怕之後沒飯吃，總想留一點到下一頓。

其實貓癬並不是太致命的毛病，和那些壞病毒比，對貓咪身體的傷害小很多，但貓癬卻是最麻煩的毛病之一。因為真菌會在整個房間裡飄散，很難完全消除，而且會傳染給人類。

白粿太小了，只有兩個半月，內臟器官都不強健，土橘貓不敢給牠吃藥，也不敢洗藥浴，害怕損傷牠的內臟器官，暫時先塗藥觀察。

倔強的白粿不肯被隔離，只要獨處就整晚號叫，無奈之下，愛心媽媽只能讓牠自由活動，再一遍遍用寵物專用的殺菌藥水擦地板和家具。

但過了一個星期，愛心媽媽還是被傳染了貓癬，手臂和腰上都長出了圓圓的環狀紅疹。

害怕真菌透過自己的身體傳播到我身上，土橘貓如臨大

敵，每次探望完白粿，回家後都直接換掉衣服並洗頭洗澡。

這一切都讓我們好煎熬。

這時候，更離譜的事情出現了！

因為實在氣不過，土橘貓拍視頻跟觀眾說白粿從弟弟變妹妹，還是隻禿貓的故事。為了提醒觀眾，他在視頻評論區裡放上無良貓舍的微信，大概是很多觀眾去質問無良貓舍，貓舍很快就註銷帳號，卻給土橘貓發了訊息：「你為什麼搞我？」

土橘貓一臉問號：「你自己利慾薰心，不幹好事，還不准別人說嗎？」

貓舍回了一句：「明明是你決定要留下那隻貓的！」

我聽了只覺好無語。養白粿是出於我們對小貓咪的憐憫，跟他那個無良貓舍有什麼關係？要是我能打字，肯定用

小貓咪髒話瘋狂輸出！

　　無良貓舍甚至想讓土橘貓發視頻給他們道歉，土橘貓斷然拒絕。對方就威脅他，要曝光他的真實姓名，土橘貓表示那他就報警，然後拉黑了貓舍。

　　沒想到無良貓舍竟然買了個轟炸電話的軟件，攻擊愛心媽媽的手機——因為當時接我來上海，留的是愛心媽媽的手機號碼。

　　她的手機一天接到4000多通電話，只能強行關機，簡直就是禍從天降。

　　後來我們才知道，原來這個世界上，有好多像這樣用小貓咪來賺錢的黑心商人，也有很多像我和白粿一樣的小貓咪。

　　這個貓舍還是朋友推薦的，本以為會很靠譜，沒想到朋友只是運氣好，買到的不是病貓，大部分的人都像土橘貓一樣上當受騙。

　　一開始，這家貓舍態度真的很好，他們會發來各種證

書，並且保證會先打好疫苗才寄出，甚至會教新手爸媽如何讓小貓咪適應環境。土橘貓從來沒有在國內買過貓，結果掉入了一個溫柔的陷阱。

溫馨的服務背後，他們根本不考慮小貓咪的感受，貓媽媽被迫使勁的生，而幼崽能活多久則看運氣。生到生不動了，貓媽媽的一生也就結束了。

剛生下來的小貓咪擠在狹窄骯髒的籠子裡，只有拍視頻的時候，才會被提出籠子打扮一下。只要不病死，身體多差都能拿出來賣。土橘貓質問賣家為什麼我身上有冠狀病毒時，他們甚至回答：「什麼這病毒那病毒的，我聽不懂，貓感冒生病了餵點抗生素就好了！」

有時候我真的很疑惑，人類為什麼需要小貓咪呢？
大概是太寂寞了吧！

因為寂寞，一些人滋生了許多奇怪的欲望；又有一些

人，為了滿足這些欲望，做起了奇怪的事情。

人類有一套對小貓咪的審美評判標準，比如我和白粿，放在貓界大概是二等殘廢吧！腿那麼短，甚至連爬高都不會，在野外第一天就會被其他野貓打死，即便沒被打死，大概也會在一個星期以後餓死。

但人類覺得我們可愛極了！

他們因為這份可愛，人為繁育和挑選一些長相特殊的小貓咪，並用這份可愛牟利。土橘貓一開始也是被我和白粿的可愛短腿誘惑，直到養育以後，才開始擔憂我們的健康問題。

我無法評判人類的這種行為，土橘貓說，有很多人類因為我們的可愛而獲得快樂，並愛上小貓咪，呵護小貓咪。但也有一些人類為了滿足自己的欲望，完全不顧小貓咪的健康。

人類很複雜，不能一概而論。

如果世界上只有「可愛的快樂」和「健康的小貓」就好了。

雖然這是我一廂情願的美好幻想，但希望有更多的人類也這麼想！

經歷了自己打針吃藥、弟弟變妹妹、被無良貓舍惡人先告狀這一系列令人無語的事件後，我也意識到，世界上有像土橘貓這樣容易受騙、沒有壞心眼的冤大頭人類，也有心存不軌、為了私欲做盡壞事的壞痞子人類。

不管是小貓咪或人類，為了好好生活下去，都只能擦亮眼睛，努力學會辨別善惡。

但我還是很喜歡人類。人類會製造家庭，會生產各種幸福的瞬間，這些都讓我覺得了不起。

土橘貓也給我帶來了好多快樂。

我的悲傷僅僅只留在幼年，後來都是安逸美好的回憶——雖然偶爾也有一點小煩惱，比如生了一些小病，或者土橘貓不讓我偷吃他的漢堡，又或者妹妹想玩我的貓抓板……

所以，如果你因為我的存在而曾感覺到快樂，那就太棒了！

番 外

白粿寄養日記

By 愛心媽媽

關於白粿的到來，我寫了好多，都是爭吵和煩惱。

其實在這個過程中，

白粿也是有好好在復健的！

因為我沒有參與牠的復健工作，

所以請愛心媽媽代寫了一篇白粿的復健日記，

介紹一下這個令人頭疼的貓妹妹！

寫於 2019 年 10 月，白粿搬家前：

白粿下週就滿7個月了。

從來上海到現在，牠經歷了貓癬、馬拉色菌、結育，還有治癒和長大。

而牠完全恢復的日子，就是離開我，搬家去見幫幫的日子。

白粿是6月10日來到上海的，剛來的牠真是個大災難。

KB被不良貓販騙了，訂的是公貓，送來的是母貓，又瘦又小，身上有四五處貓癬，毛稀疏沒光澤，上面還沾著皮屑，全打結在一起。

好在KB下定決心要養牠。

帶去體驗時，醫生發現白粿不僅渾身貓癬，而且還攜帶冠狀病毒，耳朵裡有馬拉色菌。加上牠太小了，沒有打疫苗，不能洗藥浴也不能吃口服藥，只能先用藥膏控制貓癬。

　　但因為白粿抵抗力太差，貓癬還是感染了六七處，甚至還傳染給人。直到2個月後打完疫苗，開始局部藥浴，牠的情況才漸漸好轉。

　　來上海前，白粿的生活環境不太好，牠的右腳後跟有一塊磨爛的傷口。醫生說，可能是之前一直籠養，活動空間太小造成的。牠吃飯也總用搶的，還會護食，總在最後剩下一點點，留給下一頓。

　　除了身上的疾病，小時候的磨難還讓白粿性格有些敏感，有時過於警惕，有時又過於剛烈，簡直就是一個問題小孩。

　　白粿剛來的時候極其焦慮，只要見不到人就叫，只要被隔開，牠可以24小時不停歇地哀號，叫到嗓子啞了也不肯停。不得已只能放牠自由，每天死命消毒，防止真菌擴散。

　　又因為性格敏感，白粿對待人和其他動物也非常警惕。幫幫小時候第一次見到可卡犬十萬加，3秒後就爬到十萬加身

上聞牠屁股。

　　但白粿第一次見十萬加，嚇得全身炸毛，弓起背，嘴裡哈呲哈呲的朝狗罵髒話。據說小貓咪生下來是不會說髒話的，髒話都要從身邊的大貓那裡習得。可見白粿在來上海前，就已經是問題幼貓了。最後花了整整一個星期，我們才讓牠平靜地接受家裡還有一隻狗的現實。

　　然而直到現在，白粿還是要跟十萬加保持30公分的距離才能和平相處，十萬加想聞牠屁股的願望從未實現。

　　白粿4、5個月大的時候，我們開始對牠進行社會化訓練。除了每天和狗相處，KB隔幾天就會來陪白粿玩一會兒，幫牠洗藥浴、吹毛──白粿只有躲在爸爸懷裡，才不怕吹風機的聲音。

　　我們經常邀請不同的朋友來，讓牠熟悉人類的氣味；每天固定給牠親吻、撫摸和陪伴；呼喚、隨行的訓練也一直在進行。天氣好的話，我們會抱牠去樓下的花園曬太陽，遠距

離看看小朋友、野貓和其他狗狗。

白粿的性格有點憨，不知道該說是莽撞還是勇敢，牠的生命力也極其旺盛，運動能力是幫幫的好幾倍，愛跑愛跳愛衝刺，性格超級倔強。

明明都是小短腿，幫幫不敢爬的地方牠敢，幫幫不會跳的地方牠跳，撫養牠讓我經常處在驚嚇和無奈之中。

前幾天剛結育完，傷口還沒拆線，白粿就想從書櫃上往下跳，嚇得我宛如守門員飛撲救球。

白粿在成長過程中，還有一段時間非常愛咬人。可能是換牙期到了想磨牙，也可能是在病中心情不好，不知道如何與人相處。這個問題幫幫從沒有出現過。白粿害怕時咬人，不開心時咬人，甚至提要求時也用咬人的。

有段時間我全身都是白粿咬出的血痕。打罵白粿是絕對不可行的，即使語氣凶一點，牠都會咬得更使勁。感到害怕然後逃走這件事，在牠的字典裡不存在。

教育牠的唯一辦法，就是認真地對牠說：「白粿，不可

以咬人！」大概說三遍以後，牠就會知道自己錯了，氣呼呼地鬆開嘴，轉身用屁股對著你。

但也正因為白粿的敏感和倔強，只要你對牠付出100%的愛，牠一定也會回饋你100%的依賴。

幫幫有很多小心思，比如小時候十萬加偷吃牠的貓糧，牠並不當場發作，過了幾分鐘後，發現沒人關注自己了，再默默走到十萬加的水盆前，將牠的水打翻，讓人啼笑皆非。

白粿不會這樣，牠既不求助，也不撒嬌，甚至不會用點小計策，永遠正面迎擊，喜怒哀樂全都要立刻表現出來。

好在白粿也在非常努力的成長。現在，牠的性格非常安定平和，見到人不會再躲，也學會各種專業貓貓營業技能——當然沒有幫幫那麼熟練。

晚上，白粿會陪你上床，蹭一蹭，把你哄睡了，牠再去客廳玩；到了早上，牠會風雨無阻的跳上床踩臉、舔頭髮，叫你起床。

回家的時候，牠永遠會在門口一邊喵喵叫一邊迎接你。

甚至有一回我出差，KB來餵牠，說牠抓了一隻大蟲子，趴在臥室緊閉的門口等著想送給我。

身體健康之後，白粿變得超漂亮，明明體重不如幫幫，但體型漸漸長得比哥哥還大，加上牠的毛髮蓬鬆柔順，跑起來就像一團毛茸茸的小肉球。

絮絮叨叨地說了這麼多，其實我只是希望，白粿結束寄養的過渡期回到家以後，能夠收穫很多很多的愛，過上非常幸福的生活。

希望白粿放心，KB是個溫柔的好爸爸，幫幫也會是個溫柔的好哥哥。

也希望大家多給白粿多一點愛，牠可能不是一隻天生溫柔的好貓咪，但是牠已經盡自己最大的努力變好，迎接未來的新生活。

冬天快到了，粿粿會喜歡爸爸的毛褲的！

成長的煩惱

01
我的蛋蛋呢？

　　9月底，白粿身上的貓癬終於痊癒，可以來跟我們同居啦！同居前的最後一步準備工作，就是結育。

　　白粿意外地從弟弟變成了妹妹，而兩隻短腿貓是不可以生孩子的。短腿貓體型太小，小母貓生孩子危險性很高。但我倆天天待在一起，小貓發情是天性，可能控制不住自己。

　　我們是兄妹，可不能亂倫！

　　其實小貓咪在6到8個月大時，最適合結育。這個時間我們剛好在長身體，手術後恢復得特別快。像我這樣根本沒有經歷過發情的小貓，結育以後將永遠不知道發情為何物。

雖然這輩子不會體驗愛情的喜怒哀樂，但怎麼說呢……
沒有擁有過，可能也就不存在失去的悲傷吧！

聽說人類就「要不要給我們結育」這個問題，有過很多
爭吵。我覺得，結育可能是幫助小貓咪更好地進入人類社會
的一種方式。

結育以後的小貓不會亂尿床，不會半夜發情對月號叫，
主人會輕鬆很多，貓咪罹患生殖系統病症的概率也會減少。
而對流浪貓來說，結育能杜絕牠們瘋狂繁衍，保持生態平
衡。據說，流浪貓聚集的地方，鳥類和其他動物都會遭到野
貓攻擊，從而導致生態失衡。有一些研究也指出，流浪貓實
際上是以被拋棄的家貓為源頭繁衍出來的，屬於外侵物種。

反對貓咪做結育的人裡，有一部分的觀點是覺得剝奪了
我們的「貓權」，從此我們就不能體會情欲的快樂──但小
貓咪發情只是純粹的天性，天性得不到排解，也會不太舒
服。

　　還有一些人覺得，人為摘除了器官，肯定會有後遺症，特別是很多小貓咪在結育以後會發胖。此外，進行結育要進行麻醉，還是有一定的手術風險。

　　好像也有道理。

　　你問我怎麼看這個問題？

　　我只能兩爪一攤：「我能怎麼看？我被帶到這個世界上，也沒人問過我怎麼想呀？這個問題，得去問每個養貓的人類朋友。」

　　小貓咪既然沒有選擇權，那不如好好遵守人類世界的規則，爭取讓自己生活得更舒服一點。

　　總而言之，我在將近8個月大的時候，土橘貓跟醫院約好了我的結育手術——專業一點的說法，公貓的手術叫去勢。

　　有些人類情感過於豐富，腦洞很大，說結育前要跟貓貓演一齣戲，讓貓貓以為自己是被別人搶走帶去做結育的，然後主人再把貓貓搶回來，這樣小貓咪才不會記恨他。

我們貓咪才沒那麼小心眼！

實際上，結育之前我根本不知道要發生什麼事。

手術定在長假前的一天早上，前一天下午，我的飯盆就被土橘貓收走了，等到夜裡12點，連水盆也被收走。

這是因為麻醉可能會引起嘔吐，如果胃裡有食物殘渣，可能會堵住喉嚨，造成窒息，手術前斷水斷食可以避免這一風險。小貓咪的家長們務必要記得：如果沒有斷食，千萬不要送小貓咪去做手術哦！

第二天，我被送進了醫院。

我們常去的那家醫院不允許手術時家長在旁邊陪護，土橘貓被趕回家，醫生說，早上做完手術還要留院觀察幾個小時，讓他晚上6點再來接我。為了讓土橘貓安心，醫生還在手術後拍了兩張我被麻醉以後的醜照，發給土橘貓。我猜他肯定在背後哈哈大笑。

那天下午忽然下起雷雨。

　　土橘貓似乎比我更坐立不安，下午3點，他就冒雨衝回醫院，懇求護士小姐姐讓他見見我。

　　實際上手術很成功，真正做手術的時間只有幾分鐘，醫生把我的蛋蛋劃開一條縫，再輕輕一擠就收工了！

　　我從麻醉中恢復過來沒多久，就見到醫生進入住院部，尋找我的名牌和病床，再次對我檢查了一番，確認無恙，便捧著我走出住院部。

　　我一眼就看見在外面像無頭蒼蠅一樣團團轉的土橘貓——有點像在產房外等老婆生孩子的男人。

　　我聽到土橘貓笨笨的問醫生：「這就好了？牠的蛋蛋呢？」

　　醫生如夢初醒的說：「你想看看嗎？」然後轉身朝住院部飛奔而去，再回來時，手裡拿著一個透明密封袋，裡面裝著我被取出來的兩個蛋蛋！

　　「好小哦……」土橘貓接過蛋蛋時說道。

　　還好此時我躺在航空箱裡，身體還很虛弱，否則看我不

用貓貓飛踢踹他的臉才怪！

出院以後，護士小姐姐用土橘貓發給她的照片，為我做了一本《結育光榮證》，和一束小花一起送給了我。

感覺自己被表揚了，真好！

唯一不好的是，土橘貓給護士小姐姐提供了一張我的醜照，也被印在《結育光榮證》上！

丟臉丟大了啦！

白粿的結育手術排在三天之後，小母貓結育比小公貓麻煩一些，需要開刀取出子宮及其附件，還要縫針。據說白粿拆線的時候，氣急敗壞，暴躁狂怒，三個護士都按不住牠。

母貓好可怕⋯⋯為我們的同居生活擔心一分鐘。

哦，對了，我的蛋蛋後來被土橘貓扔了。

就叫他不要帶回家吧，偏偏不聽，呵！

02
無法選擇的親人，
我該拿你怎麼辦？

　　白粿結育完又恢復了一個星期，生龍活虎到可怕，土橘貓便準備安排牠回家。

　　有個小女孩要來跟我倆同住，你們懂那種如臨大敵的感覺嗎？
　　比我長途旅行來上海還要恐怖。

　　為了安撫我緊張的情緒，土橘貓進了很多貨。

有非常多的貓薄荷，恨不得我每天都如墜雲霧，從此君王不早朝。

有貓咪安定項圈，我戴一個，白粿戴一個。

還有貓咪好心情噴霧，據說和安定項圈一樣，含有妊娠母貓的費洛蒙，能讓小貓咪彷彿被媽媽隱形的翅膀保護，從而感到舒適──我一戴上，真的忍不住想撒嬌。

土橘貓欣喜若狂，以為大局已定。

但一切的美好都止於白粿來的那天。

10月中的某個下午，土橘貓回到家時，左肩扛著裝白粿的航空箱，右手拎著一個大袋，裡面是白粿的家當。

土橘貓做了些功課，不敢讓白粿直接跟我接觸，而是把牠安置在工作室的小房間裡。

隔著走廊，我都能聽到白粿像小獅子般低聲怒吼咆哮的聲音。

我在門口緊張地弓起背。

其實我是有一點小情緒的。平常土橘貓工作的時候，我會躺在他的電腦機箱上，或是顯示器後面，悠閒地看他打遊戲；但現在，我被限制在客廳。他工作的時間很長，我一隻貓在客廳裡待著，有點孤單，也有點無措，不知道這樣的情形要持續多久。

我能與白粿和平相處嗎？

牠會想要獨佔土橘貓嗎？

這些猶豫的心情一直持續到三天後，土橘貓在走廊裡噴滿貓咪好心情噴霧，然後打開房門。

我迫不及待地進入小房間，想看看我不在的這段時間，一切還好嗎？但最先映入眼簾的，就是白粿的貓砂盆──好陌生的味道。

一見到我，白粿就發出警惕的哈氣聲。沒等我靠近貓砂盆，牠就衝出來試圖與我對戰。我也不是那麼容易被嚇退的！我倆的第一場遭遇戰，就繞著一個貓砂盆展開。

戰爭持續了兩天，我最終用體型優勢壓制住白粿，讓牠聽話。我們終於能和平相處在同一屋簷下，但我同時意識到，我可能永遠無法與白粿相親相愛。

我喜歡安靜地躺著，牠喜歡橫衝直撞，跑跑跳跳——甚至喜歡騷擾我。

我喜歡香噴噴的吃飯，牠對吃的完全沒興趣，每次吃飯吃到一半就跑開去玩。

我對外界的紛紛擾擾不感興趣，而牠會因所有動靜而警惕，卻又熱愛往外衝。

這大概就是人類所謂的「性格不合」吧！

我聽說人類的家庭，也常常會出現兩個孩子有矛盾的情況——你們是怎麼解決的？

你有弟弟妹妹嗎？

或者你也有兩個互相看不順眼的孩子？

這可真是一個無解的難題。作為孩子，我們並不能選擇自己的兄弟姐妹，「他」是什麼性格，溫柔或暴躁，全像擲骰子，

擲到幾就是幾——而他們卻是我們需要相伴一生的親人。

　　白粿並不是一隻壞貓咪，只是牠從小的生活讓牠不安，讓牠學會用虛張聲勢的方法武裝自己，以為率先發起攻擊，自己就不會受傷。

　　真是個傻妹妹！

　　土橘貓因為白粿倔強敏感的性格，對牠更無奈，也更疼愛一些——像我們這種自我管理意識極強的小朋友，家長通常比較放心，反而不會成天又哄又罵。好在土橘貓有意識的一直在平衡我們倆的關係，每天抱抱白粿以後就會來抱抱我，開罐頭都平均分給我們。

　　不過我們倆喜歡的東西都不一樣，這點他倒是挺開心。白粿喜歡木天蓼，我喜歡逗貓棒；牠喜歡激光筆，我喜歡瓦楞紙貓盆。

　　我和白粿第一次統一戰線，是同居後不久，十萬加來家裡做客。因為貓癬，白粿小時候比較少跟加仔玩，大概把牠忘了，再次見面彷彿遇到一個新敵人，加仔一旦靠近牠30公分以內，牠就弓成一隻松鼠，朝加仔吐口水。

　　加仔遇到白粿也挺興奮，一副「女人，妳引起我的注意」的壞樣子。

　　牠倆的戰鬥把我夾在中間，讓我左右為難。我想了半天，只能站在妹妹這邊。

　　對不起了，兄弟！

　　那天的現場真是混亂，白粿和加仔打成一團，我在旁邊勸架也不是，不勸也不是。愛心媽媽試圖安撫白粿，加仔爸爸喝斥加仔，土橘貓和他表哥在旁邊看熱鬧，甚至拿出相機拍攝……

　　經過漫長又難忘的一小時，客人終於走了，我和白粿一貓一個盆並排躺好。我仰面望天，做貓好難，做貓哥哥更難。

更可怕的是，白粿這隻精力旺盛的小母貓，只休息了5分鐘，就開始躺在貓盆上玩我的尾巴⋯⋯

牠怎麼體力這麼好啊？真令我絕望。

從此以後，我和白粿簽訂了互不侵犯條例，牠玩牠的，我睡我的。現在，我們脾氣上來時仍然會經常打架，甚至我倆的眼睛都曾被對方抓破──土橘貓帶我們上醫院各花了幾百塊，也算扯平。

大部分的時候，我們還是能和平共處的。白粿的性格比以前穩定許多，雖然還是那麼喜歡抓小蟲子。

真是個臭妹妹！

唯一讓我感到幸福的是，牠不喜歡吃飯，每次剩半盆罐頭，都讓我偷偷幫牠吃掉。

03

外面之於宅男，很好但謝謝

　　眾所周知，我是個不愛出門的宅男。

　　但在我10個月大的時候，土橘貓決定帶我和白粿出門玩。他挑了一個人跡罕至的綠地公園，在上海郊外，開車去要30分鐘。

　　美其名為「抓住上海秋天最後的溫暖」，為此他還特地給我們買了遛貓專用的肩帶和牽引繩，做好了去野餐的一切準備。

　　終於彎彎繞繞地找到公園，土橘貓直接抱著我和白粿衝進小樹林，把我們放到地上。

這是我第一次四隻腳踩在草地上。草地既不像瓦楞紙板那麼硬，又不像床鋪和沙發那麼滑，有點軟，又有點刺刺的，讓貓腳癢癢的。而且每一步走來都不一樣，第一步踩到小草，第二步踩到落葉，第三步是半濕潤的泥土和枯枝。

原來我們在野外生活的祖先，每天就是踩在這樣的地上行走。

我還在小心翼翼地試著邁出第四步，就聽見土橘貓的驚呼。我順著聲音抬起頭，看見白粿已經向矮灌木叢飛奔而去，牽引繩還掛在牠身後！牠一路滑過草坪，像個離線的風箏。土橘貓跟在牠後面追向灌木叢，但被樹枝阻擋，眼睜睜看著白粿在裡面瞎晃悠。最後是白粿的牽引繩纏住樹枝，阻止了牠嚮往自由的步伐。

這次郊遊的最後，變成我和小姐姐們躺在草地上吃貓條曬太陽，白粿和土橘貓在一邊玩鑽樹叢和舉高高的遊戲。

順便說一下，白粿真的很喜歡舉高高，牠從小就會撲到土橘貓身上，讓他把自己舉起來轉圈，興奮得不得了。大概

是腿短卻又有一顆追求更高更自由的心吧……

　　而我，只要躺在小姐姐們的裙子上，暖洋洋地曬著秋日快要下山的太陽，就心滿意足了。

　　樹林裡的空氣跟家裡完全不一樣，氣味極其豐富，除了小姐姐們身上令人安心的味道，我還能聞到樹葉快要掉下來的味道，遠處狗狗正在撒尿的味道，偶爾陌生人經過時他們午餐裡飄出的大蒜味……

　　趁著白粿和土橘貓瘋玩，小姐姐們還抱我去看了樹幹上的小蟲子、樹林邊的小河，還有劃過天空的飛機。

　　直到夕陽西下，我們才坐上車回家。一路開進霓虹燈亮起的市區，白粿就像女王出巡一般，端坐在駕駛座旁的扶手箱上，無比好奇的直視前方的路況。而我，逐漸被車內搖搖晃晃的震動催眠，在後座進入夢鄉。

　　土橘貓在車上說：「我們以後經常出來玩吧！」我立刻從夢中驚醒，喵喵拒絕。

　　我又不是白粿那樣傻傻有的玩就開心的小母貓，我知

道，出來玩的代價是——我要洗澡了。

　　小貓咪如果不出門，其實是不用經常洗澡的。我們家基本是半年洗一次澡，有些人家的小貓咪可能兩三年才洗一次。因為作為貓咪，我們非常愛乾淨，每天都會自己舔手手和肚子上的毛，還會用前腳洗臉。不像加仔這樣的笨狗，每天出門回家，都要愛心媽媽幫牠洗腳洗耳朵。

　　而且大部分的小貓咪天生有點怕水，我在此之前只洗過一次澡，那時候還小，躺在洗臉盆裡，挺有安全感的。聽說土橘貓去幫朋友洗過貓，兩個人差點被一隻貓打死。所以建議各位家長如果想給自己的貓孩子洗澡，千萬要做好萬全準備：除了要有被無情暴打的心理準備，最好提供踩上去不打滑的地板給貓貓站穩，才能讓我們安心一些。

　　這次土橘貓決定帶我們去愛心媽媽家洗澡——因為我們家實在太小了，浴室根本不夠兩隻貓和人一起站進去，洗臉池也已經容納不下長到4公斤以上的我倆。

　　而愛心媽媽家有浴缸，甚至可以泡澡。

　　洗澡期間的雞飛狗跳就不描述了……反正挺折磨人也挺折磨貓的，土橘貓拍了視頻，有興趣的可以看看。在此，我對愛心媽媽的水池、牙杯、牙刷、沐浴露……都說一聲對不起，打翻你們，我很抱歉。

　　但這不是我的錯，是小貓咪天生就怕水呀！

　　白粿卻不在此列，牠小時候為了治療貓癬，每週都要做一次藥浴，早就習慣了愛心媽媽家的洗臉池。

　　水沖到牠身上，牠非但不慌張，還有點自在！牠享受著人類給牠抹上沐浴露，把牠的長毛搓出一整缸泡泡，順便揉揉牠的下巴和肚子——毛全部沖濕的白粿變成了另一隻貓，渾身瘦瘦的，沒幾兩肉，但眼睛巨大。牠沒有照鏡子，也絲毫不覺得害羞。

　　也是，牠小時候是隻禿貓，洗澡只不過把毛沖濕而已，牠才不介意。

　　怪不得白粿出門郊遊一路興高采烈，沒有後顧之憂，原

來牠根本不怕水。

　　洗澡，大概是牠唯一能在人類社會生活手冊裡贏過我的一件事。

　　我沒有親眼見過其他人家給貓洗澡的情形，只聽土橘貓老是用一隻叫花生米的貓做反面教材，誇我和白粿是洗澡冠軍。他不僅覺得給貓洗澡不是難事，還覺得自己洗澡服務一流。笨蛋土橘貓，我看是我和白粿把你寵壞了，讓你對自己有了錯誤的認知。

　　大家千萬不要因為小貓咪不肯洗澡就責備牠們，這不是牠們的錯，是小貓咪天生就怕水呀！

　　如果碰到喜歡洗澡，或者洗澡特別乖的小貓咪，那就放禮炮慶祝自己的好運吧！

　　不過，請土橘貓放心，我會好好清潔自己，所以……沒事還是不要給我洗澡了。

從父子到哥兒們

By KB 呆又呆

　　幫幫和白粿現在已經3歲了，是有自我管理意識的成熟貓貓。

　　幫幫從小到大，性格變了一些，現在更沉穩。牠小時候活潑黏人，恨不得24小時黏著我，但現在，牠也喜歡自己玩。我之前錄視頻留下過一個自助乒乓球道具，可以貼在地上。幫幫每天的運動，就是樂此不疲地玩這個乒乓球。牠也會自己去玩具盒裡把逗貓棒叼出來，自己逗自己。

　　但更多的時間裡，幫幫只喜歡趴在我的拖鞋上，或者貓窩裡，思考「貓生」——我很好奇牠每天都在想些什麼。對了，牠小時候不喜歡毛茸茸的貓窩，今年倒是喜歡上了，於是我給牠買了好多不同的貓窩，牠就走到哪兒，躺到哪兒。

　　幫幫的自我管理意識超前，可能比我還強一點。

　　因為總是生病，牠甚至喜歡上了吃藥丸。第一次吃還要我塞進牠嘴裡，現在吃藥丸已經成了牠的愛好，拿出來放在面前，牠先玩兩下，就立刻自己吞下去。

　　但是幫幫向十萬加學了個壞習慣，我有的時候會把凍乾混在貓糧裡給牠吃，牠就先把凍乾一顆顆從碗裡挑出來，擺在地上，然後慢慢把凍乾都吃了，貓糧看都不看一眼。

　　我們現在的關係更像哥兒們。

　　我出門前和回家後都會跟幫幫打招呼：「Hey，bro！」有的時候路過在我拖鞋上睡覺的牠，也會跟牠說兩句話。

　　而白粿，變得更溫柔了。

　　白粿小時候很暴躁，現在的牠卻像個小尾巴，我走到哪兒，牠跟到哪兒。睡覺的時候，牠立刻就跳上床，窩在我身邊的被窩裡。

　　每天醒來，都能看到牠踩在我身上盯著我，彷彿在說「你醒啦？」

　　白粿什麼事都要找我彙報，而且嗓門超大。要吃飯了，牠喵喵大叫，邊看我邊走向食盆；上完廁所，牠喵喵大叫，在貓砂盆旁邊示意我去鏟屎；想出去玩，牠喵喵大叫，站在

門口喊我，讓我給牠開門。我在直播，牠要是忽然想進來找我玩，也會在門外喵喵大叫──聲音大得我戴著耳機都能聽見。

我覺得我可能更寵白粿一些，會哭的孩子有奶喝。但白粿還是常常會生氣，不開心的時候也大吼大叫，唯一的好處就是不記仇，傻里傻氣的。

牠做了壞事我就暴打牠一頓，咬牠耳朵，跟牠互毆。牠大概氣三分鐘，三分鐘一過，又來找我玩了……

我想我是養了兩個性格迥異的孩子，不同於人類孩子長大會獨立、會離開家──牠們永遠是我的孩子。

我其實很悲觀，不知道幫幫和白粿能陪我多久，因為分離總是必然的。我想過牠們可能會突發疾病，或者出了意外，很早就離開我，未必能真的陪我十年或十五年。

我有想過，哪一天牠們真的不在了，我該怎麼辦？牠們

是這輩子裡陪我時間最長的寵物。

　　我嘴上總說：「死了就死了，沒有什麼是不會死的。」
但我想，如果那天真的到來，我會很傷心很傷心。

　　告訴大家這個令人悲傷的可能，是要所有喜歡牠們的人
和我一起面對。

　　牠們即使不在了，我可能還是會不停往家裡的地上看，
可能會看到影子，可能會恍惚，可能會說不出話來。

　　但那又能怎麼辦呢？

　　至少這個時候，牠們在我身邊。

世界的悲傷與溫柔，
小貓咪也一起經歷

01
周歲生日，
我的願望是世界和平

　　2020年初的春節，是我出生以來第一次過年。土橘貓要回福州老家，準備提前把我和白粿送去朋友家寄養。但就在他訂好火車票，準備踏上歸途的前幾天，一些壞消息從武漢傳來。土橘貓聽從朋友建議，未雨綢繆地買了100個口罩。

　　上海當時並沒有受到太大的影響，他還去醫院拔了智齒，並約好醫生年後再去拔一顆。

　　沒想到就在土橘貓回家的前一天，上海全城口罩售罄，回家竟然變成一件危險的事。擁有100個口罩的他突然成了

口罩富翁，那天晚上他剛拔完智齒，話都說不清楚，一邊直播一邊把口罩10個10個分出去，送給即將踏上回鄉旅途的朋友們。

就在土橘貓回到老家的第二天，武漢宣佈封城。一種可怕的病毒開始在人間肆虐。

我和白粿的體內也攜帶一種叫作「冠狀病毒」的東西，但不會傳染給人類。聽到「冠狀病毒」四個字，我打了個冷顫。很多貓咪會終身攜帶這個病毒，身體不好的小貓咪會有發病的概率，發病後，可能會變異為傳染性腹膜炎——幾年前，這個病還是貓咪絕症，許多急性的病例會讓貓咪在兩個月內死亡。直到最近才逐漸出現特效藥，但治療費用極高，很多普通家庭難以承受。

土橘貓在老家待了一個星期，直到朋友告訴他：「幫幫吃太多，寄養時送過去的貓糧快吃光了！」那段時間外賣不開門，快遞也非常不穩定，朋友擔心網上買的貓糧送不過

來。他一咬牙，踏上了回上海的高鐵。

於是，我們兩貓一人，在疫情最嚴重的時期，開始了宅家生活。

意外之喜是，之前因為白粿得貓癬，家裡消毒液囤貨夠多，口罩也有富餘，還有特別多的泡麵——相比很多救急物資緊缺的災區，我們至少生活無虞。

更令我慶幸的是，土橘貓的工作居家就可以完成。因為疫情大家都不能出門，反而有更多人打開手機和電腦，進入直播間。

家貓其實是不需要出門的，我們只要守護好方寸間的領地，便心滿意足。但我知道人類需要更大更廣的天地，他們得出門上班上學，還需要與形形色色的人類打交道。封閉和禁錮突如其來，對人類來說，生活簡直就是突然天翻地覆。

更何況，人類和貓咪一樣，都是需要陪伴的動物。疫情切斷了現實生活中許多陪伴的來源，很多以前輕鬆可達的距

離變得遙不可及。

好在互聯網把我們聯繫在一起。

後來有不少人說，那段時間裡，因為疫情的苦悶無法排解，土橘貓直播的遊戲和貓咪生活成了他們心理疏導的窗口。網路本來是非常虛無的東西，但如果能看見真情實感的流露，那麼也會帶給人真實的快樂吧！

甚至有武漢的護士小姐姐，把我們一家三口的名字寫在她的防護服上，在一線奮戰。這令我又驕傲又擔心，我知道每當她穿上防護服，我們就相互攙扶，一起戰鬥，這讓我驕傲得尾巴都要翹到天上。那段時間我也有了牽掛，不知道她每天是不是安全健康，她的病人們有沒有好好康復……

我對人類喜歡小貓咪這件事，有了新的理解。

我們素昧平生，你沒有見過我，我也沒有聞過你手心的氣味，但我意識到，我們曾經互相陪伴過彼此。

我的周歲生日就在這樣的氣氛下到來。

蛋糕店沒開門，土橘貓想給我慶祝生日，卻買不到蠟燭，最後他翻箱倒櫃找到一根照明用的紅蠟燭，把罐頭倒扣在盤子裡當作蛋糕，將蠟燭插在上面。

他把我抱在懷裡，看著閃閃發亮的蠟燭，讓我許願。我祝願所有人都能不被疫情所擾，回到正常的生活軌道，祈求世界和平。

我知道，自己只是一隻小貓咪，我的願望並不能影響人類的世界，也不能影響討厭的病毒。甚至在兩年後的今天，人類仍然需要戴著口罩才能搭乘地鐵，誰也不知道，徹底摘下口罩、像以前那樣自由呼吸的日子還要多久才能恢復。

但至少我們可以在逆境裡互相陪伴，可以給彼此製造一些微小的歡樂。

直播間疫情故事

By 我親愛的觀眾們

以下小故事，
是從我們觀眾的微博和 B 站評論裡收集來的，
都是關於那段時間的特殊記憶。
篇幅有限，只能截取一小部分，
更多的話，都收在我心裡了！

125

「疫情期間，我開始習慣於一邊戴著耳機聽直播一邊寫作業，我就在想，KB上班我上學，我要比KB更努力。所以那段時間，KB直播的時間裡我都會一直寫作業，他通宵我就通宵，3個月裡我寫完了近60公分高的試卷。」

「剛關注的時候因為疫情在家高考複習，每天晚上就掛著直播邊聽聲音邊寫作業、畫畫，後來回了學校沒法看直播了，就每隔兩天用學校的電腦看主播有沒有發新視頻，然後期盼著放假回家看主播。可以說KB真的是我高三生活的支柱之一，支撐著我熬過這艱難歲月，然後考上理想大學，真的很感謝你！」

「三月份因為疫情的關係，待在家裡逛B站發現了KB呆又呆。不開心的時候，看呆呆的直播，看『幫粿』兩個小可愛，就會覺得世界上值得開心的事情還有那麼多，還是要快快樂樂地迎接新的一天到來！」

「我一直都沒有看直播的習慣，而在3月1日偶然點進KB的直播間，看了一會兒之後覺得好有意思啊！疫情期間真

的很難過日子，每天都被焦慮和壓力圍繞，而看直播成為我唯一的樂趣。」

「因為疫情阻止了我出國的計畫，但是之前幾乎都在學習英國的課程，對國內的文化課不是很熟悉，疫情期間在家狂補課，非常抑鬱，就是這時候遇到KB和大家，感謝KB陪伴我走過目前人生中最焦慮和黑暗的時刻，現在很開心，也找到了未來人生的新方向！」

這些故事和感想，都是疫情期間的真實，也是大朋友和小朋友在人生中會遇到的波折和困難。

我非常喜歡他們。

透過這些留言，我彷彿能看到許多真實靈動的面孔，知道自己曾帶給他們微小的歡樂，小貓咪也感到心滿意足。還有許許多多類似這樣的留言，我會珍藏在心裡。

02
客人來訪

　　居家期間，我們家裡即將迎來一位小客人。

　　土橘貓有個朋友，和他一樣先把小貓寄養在別人家，結果因為疫情，過完年回不了上海，寄宿家庭的小姐姐要開始上班了，無暇照顧，於是就將小貓託付給土橘貓。這隻小貓叫花生米，對，就是之前說到洗澡時的那個負面教材。

　　花生米是一隻白色長毛金吉拉，而且是長腿的。

　　2月底某一天，土橘貓橫跨上海，將花生米接回家。隨花生米一同前來的，還有一整車的行李！

　　我感覺花生米可能是富二代，牠的行頭好可觀，光是喝水吃飯的碗就有四五個，還有自己的貓窩和玩具，更別說可以開門的高級貓砂盆，以及各種各樣的小零食。

　　我轉頭看了一眼我和白粿的行李，貓窩就是航空箱，因為體型小，有的時候出門，我倆甚至擠一個航空箱……（但是我很愛我的航空箱，冬暖夏涼很舒服的！）

　　以前聽得最多的，就是土橘貓和米子爹一起幫花生米洗澡的故事。據說過程極其慘烈，還被米子爹拍成視頻，因此好多人都知道花生米是一隻剛烈的小貓。土橘貓每次給我洗澡的時候，都要叮嚀：「你要做洗澡冠軍，不可以像花生米那樣！」

　　以至於我每次做壞事被罵的時候，都會在心裡想：「我就是太乖了，讓你得意忘形，什麼時候請花生米來治治你！」

　　但花生米真要來家裡住的時候，我還是有點忐忑。

　　家裡除了我和土橘貓，還有隻在洗澡時乖巧、但其他時

候和花生米一樣剛烈的白粿……

　　牠倆要是天雷勾動地火，我可攔不住。

　　毫無懸念的，一看見花生米走進自己的地盤，白粿氣到全身發抖，毛全部豎了起來，活像一顆海膽。但從體型上看來，我和白粿加起來都不是花生米的對手。

　　土橘貓趕在白粿和花生米打起來之前，把白粿抱進懷裡安撫。我走上前去和花生米打招呼以示禮貌，牠沒有躲開，小小的哼了兩聲。

　　好像也沒有那麼難接近嘛！

　　但我能感覺到，花生米不太開心，不僅沒有安全感，還有些委屈。牠躲在餐桌底下不肯出來，緊緊盯著我們，甚至連土橘貓手上的貓條都不屑一顧。

　　土橘貓趕緊把花生米的貓窩擺好，這樣牠可以進入窩裡，放鬆一下。

　　因為花生米來我們家之後不開心，不吃不喝，寄養家庭的小姐姐不放心，給土橘貓打來電話。她交代土橘貓要給花

生米喝溫水，而且要「七分涼水兌三分熱水」，要陪牠玩滾球的遊戲；甚至還給土橘貓發來一張歌單，說是花生米喜歡聽的音樂，如果牠不開心就播放給牠聽，讓牠放鬆心情。

　　我看得出來，土橘貓也有點傻眼。他什麼時候這樣伺候過我和白粿啊……

　　所以說，還是得由我出馬。

　　土橘貓帶著白粿去隔壁書房上班，我跟花生米在客廳裡交流。

　　我發現，花生米其實不是一隻脾氣暴躁的小貓咪，只是性格有點彆扭而已。牠比我大幾個月，小時候身體也不太好，經常感冒。因為疫情，原本說好只回家一個星期的家長，已經快一個月沒有回來了，而牠又從上一任寄宿家庭搬到我們家，太久沒見到爸爸，花生米擔心他是不是不要自己了。

　　我知道這種心情，我們上個月被送到寄宿家庭的時候，

也有過這樣的焦慮。但花生米並不需要擔心，因為我們都有個好家長，只要耐心等待疫情好轉就行啦！

花生米並不是不喜歡土橘貓，只是土橘貓身上的雄性費洛蒙，天生會讓小貓咪感到警惕。

我把我的小老鼠玩具大方地分給花生米玩，牠也讓我去牠的鯊魚貓窩裡參觀，我們很輕鬆的就打成一片。

令人憂心的還是笨蛋妹妹，白粿搞不清楚花生米是來寄宿還是即將成為家裡的新成員，敵意非常大，什麼東西都不讓花生米碰，還會自己生悶氣，把花生米趕來趕去。我甚至想，牠倆乾脆打一架算了，反正白粿這小短腿只有看起來凶，其實連我都打不過，花生米靠腿長優勢一定能打敗牠。

但也不知道是花生米讓著妹妹，還是白粿嘴上叫得凶，牠倆從頭到尾都沒交過手，只是氣呼呼地看著對方。

最離譜的是，花生米來我們家第二天，白粿就把自己氣病了，半夜裡拉了三次肚子。

　　白粿是隻長毛貓，一拉稀就沾得全身都是屎，還把我們的航空箱糊了一牆壁的便便，像巧克力化掉一樣……

　　土橘貓凌晨4點起來給白粿洗澡，搞得焦頭爛額，又因為浴室太小，只能把牠放在廚房的洗碗槽裡洗。還好土橘貓不會做飯，否則這個水池以後還能用嗎？

　　禍不單行，第三天，花生米被白粿氣得也拉肚子了——雖然沒有白粿那麼誇張，但牠也是長毛貓，兩大坨屎沾在毛上，掛在屁股後面，像蛋蛋掉下來似的。

　　感覺事情已經無法收場，土橘貓終於撥打急救電話，讓愛心媽媽過來接白粿。

　　她進門時，就看到一幅世界名畫——土橘貓拿著剪刀追著花生米，想剪掉牠屁股後面的屎球；白粿氣得撲到他腿上，順著褲子一路爬到大腿處；我在旁邊一臉無語，不知道說什麼好。

　　這場戰爭最後以愛心媽媽把白粿拎走作為結束。回去當天，白粿就奇蹟般的不拉稀了。

一劍無痕

家長朋友們千萬小心，不是所有小貓咪都像我一樣想得開。

很多貓非常容易氣壞自己，我經常聽說貓貓們心情不好導致生病的情況，有些會像白粿那樣拉肚子，有些會尿不出來，還有一些小貓咪因為焦慮會掉毛。我見過有小貓咪因為太久沒有人陪，急得頭頂禿了一塊……

好在一番折騰以後，我們都安穩了下來。

白粿不在家，我讓花生米睡床，牠把自己的鯊魚小窩借我睡。你別看牠好像對土橘貓一副愛理不理的樣子，但睡覺的時候，還是喜歡蜷在他身邊。不得不說，土橘貓養貓咪確實有一手。

又過了一個星期，花生米爸爸來接牠的時候，花生米已經變成一隻嬌滴滴的小貓咪，把米子爸嚇了一跳──

「花生米對我呼呼了！花生米現在超乖的！」

03
大房子我們來了！

　　2020年的夏末，我們在那個溫馨的小房子裡住了1年又3個月後，土橘貓決定搬家了。

　　一是因為這個小房子日漸擁擠——土橘貓在暑假參加了一次漫展，粉絲送來的禮物一共有11個大箱子，直接把我們的客廳堆滿；二是土橘貓之前拍視頻時沒注意，不小心露出我們家的外觀，好奇心過剩的觀眾找上門來了。

　　這一年多裡，土橘貓存了一些錢，他決定租個三室一廳的大房子，讓我們一家三口的生活品質大大提升。

　　這是我作為一隻1歲半的小貓咪，第四次搬家。

　　人類社會的生活並不比貓咪容易，不僅要找房子、簽合同，為了讓新家適宜居住，還要進行大量整修工作，比如修空調、裝網路線、買各種居家用品和電器……因為這個房子剛剛重新裝修過，為了讓我和白粿更安全，土橘貓還買了很多清除甲醛的產品以及空氣清淨器。

　　人類真的很有意思，為了美麗的居住環境，發明了各種各樣的東西，這些東西又帶來了副作用，他們只好再發明各種各樣的東西來消除副作用！

　　我一邊感慨人類好厲害，一邊又覺得人類好麻煩。

　　新家真的好大，我們都不太適應，我和白粿剛搬進新家，一瞬間都懵了。從土橘貓的工作室到客廳，要走好遠的路，臥室竟然還在另一頭，從小貓咪的視角，那段路大概就像人類跑800米那麼長。

　　土橘貓自己也不太適應，他在直播的時候跟觀眾們說，自己從工作室去廚房倒水，遠到想坐公車！

　　因為太大了，剛到新家，我第一時間先躲到沙發底下，觀察是不是有什麼危險。白粿則開始飛奔，從客廳到陽台，從廚房到臥室，對於新地方的熱情持續了一個星期。還沒等牠跑兩圈，我已經意識到沒有危險，明白這是接下來我可以安逸生活的區域，在沙發上找了個最舒服的位置躺下。

　　新家的陽光和視野都比以前好很多，但還是留有舊家的氣息，比如土橘貓把我們的貓砂盆和貓爬架都搬了過來，放在朝南的窗邊。

　　他的朋友還送了他一盆1.6米高的綠植，放在貓爬架旁邊。我躺在熟悉的貓爬架盆盆裡，就可以碰到綠植垂下來的大葉子，聞到一絲淡淡的植物香氣。

　　臥室與客廳分開有個好處，早上太陽升起、但土橘貓還在睡覺的時候，客廳的窗簾可以拉開，我躺在盆盆裡，跟身旁的植物一起享受光合作用——

　　停！以上是小貓咪腦內的幻想。

　　實際上，小貓咪是夜行動物，清晨太陽出來的時候，我

還是喜歡跟土橘貓一起縮在被窩裡。不過我現在長大了，有一點點重，不能再趴在他身上了，否則他可能會喘不過氣。

對了，土橘貓特地給我和白粿買了個櫃子，把我們兩個的用品全都收納了進去。不整理不知道，原來我們有這麼多零食、玩具和小衣服，裝滿了整整五個大抽屜。

其中大概有三個抽屜裝的都是上次漫展粉絲送給我倆的禮物，我和白粿的衣服瞬間已經比土橘貓還多了。

謝謝大家，我是一隻可以自己賺錢養家的小貓咪啦！請大家放心吧，我能自己給自己買好吃的，大家也把錢留下來給自己買好吃的就行了。

很快的，我和白粿都找到了自己在新家最喜歡的地方。

土橘貓買了一個全是格子的置物架，這是我最喜歡的遊樂園，可以在格子中穿梭。白粿喜歡在餐桌上四腳朝天地睡覺，看起來像是曬貓餅。牠還特別嚮往自由，經常在大門口喵喵叫，讓土橘貓放牠去電梯間裡流浪，去發現新大陸。

我躺在門口的拖鞋上看白粿興致勃勃的出門，覺得牠上輩子一定是哥倫布，環遊過世界，三房一廳的大房子都滿足不了牠。

我們擁有了更多的貓抓板，當然，偶爾還是會為爭奪貓抓板打一架。白粿有個奢侈品包包形狀的瓦楞紙貓窩，我也很喜歡，我們大概圍繞著這個貓窩打了三次架。最後，我和白粿以把對方的眼睛抓花一次為戰爭的終結，簽訂了和平共處的條約，然後勉強一起擠進貓窩。

土橘貓看我們擠在一起就來氣，我猜，他大概是想起為我們治傷花掉的醫藥費吧！

因為這次，我和白粿身價都上漲了。

這就是我們的新家。

我心裡知道，在今後的生活裡，我肯定還要隨土橘貓一起經歷這種遷徙。

人類把居住的地方命名為「家」，但「家」不光是用來

居住的地方，他們一生都在嚮往和尋找這個叫作「家」的地方。我想，「家」大概還是用來寄放心靈的歸處吧！

而在鋼筋水泥的城市叢林中，人類的家在一棟棟高樓的格子裡，似乎需要更多的努力和勇氣才能獲得。

我並不害怕這種遷徙和尋找，因為在這個過程中，每一個我們長期相守、耳鬢廝磨的地點，都可以稱為「家」。

上一間小小的房子，我想不管是我、白粿或土橘貓，都已為它刻下回憶，留在心靈深處。

在那個小房子裡，白粿總是站在土橘貓的主機上，往小小的窗戶外張望，看學校的小朋友、電線桿上的麻雀。我則是尋找路徑，從沒有門的衣櫃裡偷逗貓棒出來玩。土橘貓總是躺在床上看電視，床邊晾著他的衣服……

我們在那兒經歷悲歡離合，直到跟它說再見。

我想新房子有一天也會被我們住成老房子，會有不同的畫面被鐫刻，裡面都有我們。

就像人類世界裡有一句話，叫作「此心安處是吾鄉」。

04
我尿不出來

　　朋友們，我出大問題了。

　　這兩天，我尿不出來，急得我狂抓貓砂盆。你們明白這種感覺嗎？不，你們不懂。

　　那種感覺是，你心裡憋著事，但是它怎麼也不能被處理，急得你團團轉，卻沒有解決的辦法。

　　白粿繞著我轉了三圈，問我怎麼了，我一臉有口難言。憋了一整天，尿出一滴血，嚇得白粿以為我得了絕症，嗷嗷亂叫跑去找土橘貓，帶他來看我尿出的血。

　　土橘貓一翻貓砂盆，一粒紅尿觸目驚心，他也以為我得

了絕症，一把抄起我塞進航空箱，就帶我出門去醫院。

抽血、化驗、做超音波，醫生還把我胳膊和肚皮上的毛都剃掉了⋯⋯

最後醫生看著土橘貓問：「幫幫是不是不愛喝水？」

土橘貓回：「還行啊，隔一天就吃濕食罐頭呢！」

醫生說：「牠血液裡驗查出炎症，應該是尿道發炎了，幸好發現得早，如果再不愛喝水，以後可能會發展成結石。」

說完醫生給我開了消炎藥，就讓我們回家繼續觀察。

糟糕，我精心隱藏的小偏執被發現了！

我真的不愛喝水。每次喝水我的小鬍子都會被弄濕，久而久之，我就不喜歡吃任何濕呼呼的東西。土橘貓給我們開濕食罐頭，我都讓白粿先幫我把湯喝了，再去吃罐頭肉。

久而久之，白粿瘦了但尿道健康，而我，又胖又發炎。

可是我就是不愛喝水嘛！就像你們人類明知道要運動才

能減肥，但還是天天癱在沙發上不動。

　　我一回家就被土橘貓訓了一頓，難得我也發了點小脾氣，我至少三個小時沒有理他，覺得他根本不了解我。

　　但是尿不出來的感覺真的不太好，抓心撓肝，肚子還有點痛。所以我老老實實地吃藥，第二天炎症消退，我終於尿出了一點點。

　　啊⋯⋯爽！

　　不爽的事情是，從我生病開始，土橘貓開始報復性的餵我喝水，他購買了流動飲水機，還囤積很多濕食罐頭和貓貓專用奶，把家裡擺得到處都是水，甚至還把我最喜歡的貓條擠到我最不喜歡的水裡。

　　白粿興致勃勃地每個都去玩一玩，吃兩口。我還在生氣，這些小伎倆是打動不了我的。

　　美好的貓條加了水就不純潔了！我不要吃加了水的貓條！

　　沒想到土橘貓看我一副倔強的樣子，使出絕招──他買了一個奶瓶，抱著我逼我喝水，每天不喝到該有的量，就不允許我從他腿上下去。

　　有一次我喝水喝到生氣，把奶嘴咬下來一起吞進肚子裡。

　　土橘貓罵我：「你再這樣，屎也拉不出來怎麼辦？難受的是誰？還不是你自己！」

　　我喵喵叫道：「我高興，我就不喝怎樣！」

　　土橘貓更氣了，抓起奶瓶又是一頓猛灌。

　　最後我發現，比倔脾氣，我可能一輩子都比不過土橘貓。在一堆濕糧裡挑挑揀揀後，發現貓貓奶好像比較可以入口，我就喝這個吧，總比喝水好。

　　這場喝水的戰爭，我輸了。

　　我知道喝水對身體好，也知道土橘貓是為我好，替我著急，但就像你們人類一樣，每個人總有脾氣上來的時候，也有自己的壞習慣，小貓咪也一樣。

道理我都懂，但誰能做一隻完美的小貓咪呢？

之後的日子裡，土橘貓給我制定了嚴格的喝水計畫，我每天都要在他的監督下喝水。白粿也和土橘貓結盟，不肯偷偷幫我喝罐頭湯了。

尿順暢了，我的小情緒好像也順暢了一點點。

不發脾氣的時候，就能反省自己的錯誤；我不喝水，似乎確實不太好。

你們人類和我有一樣的經歷嗎？明明知道親人的舉動是對自己好，但還是生氣，覺得他們不理解自己。我有些矛盾，又有些不好意思。

沒想到，這次竟是白粿開導了我。

白粿跟我說：「你想太多了，我才不覺得我做錯了呢！因為我是全世界最可愛的小貓咪，我從來不反省自己。只是因為我喜歡土橘貓，所以才願意放棄自己的堅持，為了他做一些自己不喜歡的事情，讓他開心開心罷了！」

聽起來完全就是歪理，但又好像有牠的道理。

以後，我就為了讓土橘貓開心，多喝一點水吧！

而且，為了讓我喝水，土橘貓每天都會拿著奶瓶，抱著我哄我，這是我從小時候病好之後就再也沒有體驗過的意外收穫——畢竟我是一隻連吃藥都能自己解決的勇敢貓咪，根本不需要人類來哄。

不過，被人哄的感覺意外的好，怪不得白粿每天胡作非為。

就讓土橘貓繼續以為我不願意喝水，每天這樣哄一哄我吧！

嘻嘻……我真是全世界最聰明的小貓咪。

PS：為了不讓土橘貓操心太久，我學會了喝流動飲水機的水，不過土橘貓還是會餵我喝奶，開心！

家花和野花

01
土橘貓外遇小漂亮

　　新家樓下有一個不小的花園，這在上海市區內頗難見到。

　　土橘貓搬家後，時常會下樓散步，他告訴我，社區內的野貓起碼有20隻，這還只是常見的，躲在暗處的可能更多，牠們有自己的交際圈，彼此之間爭地盤爭得很凶。

　　門衛崗亭處是老橘的領地，牠總是站在門口視察進進出出的人群和貓咪；大堂門廳是大狸的天下，只有母貓能靠近這片區域，其他公貓要是靠近，就會被牠一頓猛追。而大狸的身上，也留有無數戰爭留下的疤痕。

　　面對這些形形色色的野貓，土橘貓有了他的一次外遇。他把那隻貓叫作小漂亮，是一隻有點像玳瑁的三花小母貓。他們相遇的地點就在家樓下的電動車上，小漂亮正在曬太陽，土橘貓路過了，牠見機湊上去，蹭了蹭土橘貓的手。

　　土橘貓被直播間的觀眾稱為「人間貓薄荷」，意思是貓咪都喜歡他。這件事我也非常不能理解，因為他其實挺威嚴的，但可能就是這種威嚴，反而讓貓咪生出一絲臣服。總而言之，他真的非常受貓咪歡迎。

　　以前土橘貓去朋友的劇組玩，演員小貓咪被人群嚇到有些自閉，被他抱在懷裡擼了兩下，竟然發出呼嚕聲。公園裡的貓也喜歡接近他，甚至有貓不要臉地直接跳到他腿上。

　　他回家的時候，我三不五時就能聞到他身上有別的貓味……

　　總而言之，在一次心動後，土橘貓每次下樓都會在兜裡

揣點貓糧、罐頭或者零食。漸漸地，小漂亮每天都蹲在電梯外等著他，甚至土橘貓有時候開口叫牠，牠都會回應。

說實話，一開始看到小漂亮，我真看不出牠哪兒漂亮了，臉尖尖的，身上瘦得露出骨架，毛也不油亮，嘴上甚至還有一點潰爛。

漸漸的，土橘貓竟然動了綁架小漂亮回家的念頭。唯一困擾他的是，家裡已經有兩隻貓——而且關係本來就不好，如果再來一隻，很可能會引爆「三國戰爭」。

土橘貓給我們開家庭會議，我是無所謂，畢竟曾經來家裡做客的花生米也是長腿大貓，咱倆關係就挺好。

但白粿強烈抗議：「我才是家裡的大姐大！我拒絕！絕不允許！」

每次土橘貓身上帶著小漂亮的味道回家，白粿都得生一陣子悶氣。

甚至有一天牠悄悄問我：「哥，你那些討好爹的招數，

能不能跟我分享一下？」

　　果然沒有競爭就沒有進步。小漂亮像一條大鯰魚，被扔進白粿心裡的魚池，將牠攪得緊張了起來。

　　我想了想後告訴白粿：「妳要有自信，土橘貓最欣賞你那獨一無二的暴躁脾氣。」

　　白粿驕傲的喵了一聲：「這麼一想，咱爹還挺上道的！」

　　當天晚上，在土橘貓想親白粿的時候，牠就給了土橘貓一巴掌。

　　土橘貓開心得嗷嗷叫，閨女的爪爪就是軟，打臉都不疼，肯定打不過外面的大母貓，不行不行！

　　我從一旁路過，喵笑起來：「呵呵……」

　　因為猶豫，土橘貓始終沒有付諸行動。直到有一天，他發現小漂亮不見了！急得他到處找，沒想到，不僅小漂亮丟了，整個社區裡的貓都在一夜之間消失，只有花園的水池邊

偶爾能看到一兩隻陌生的貓咪。

貓咪大型失蹤案件到了第二天仍然沒有破解，土橘貓已經腦補了一堆兇殺畫面。好在這時候他碰見了物業阿姨，物業阿姨告訴他，社區和動物保護團體合作，把附近的流浪貓都抓起來，一起送去結育了！否則流浪貓繁殖過快，社區都快吃不消了。

土橘貓這才鬆了一口氣，又過了幾天，小漂亮的耳朵被剪了個小小的缺口，再次出現在我們家樓下。

這個小插曲讓土橘貓意識到，他真的很在意小漂亮！流浪貓的壽命其實很短，不僅因為吃住條件差，也因為疾病。一些簡單的病症和傷痛對家貓來說，可能只要醫生開點消炎藥，就能輕鬆痊癒；但對流浪貓來說，這可能就是死亡的開端。比如口炎，很多流浪貓都患有口炎，愈發嚴重以後，牙齒就會掉光，貓咪根本沒辦法吃東西，最後就會漸漸衰弱。

土橘貓發現，他似乎已經和小漂亮產生了某種情感上的連結。

他再次跟我們開家庭會議。

土橘貓說：「一想到小漂亮也會那樣隨隨便便地死去，我覺得無法接受。」

我喵：「但你如果把牠領養回來，咱家可能就不太平了⋯⋯」

白粿怒喵：「不太平！不太平！」

土橘貓問：「那你們覺得，我把小漂亮綁架以後，為牠找個新家怎麼樣？」

我和白粿異口同喵：「新家好！新家好！」

於是在一個月黑風高的夜晚（並沒有，這是一種修辭手法，其實是光天化日之下），土橘貓帶著貓罐頭，向小漂亮伸出黑手，將牠誘捕上樓。

我和白粿其實從頭到尾都沒有見過小漂亮。誘捕上樓以後，土橘貓將牠安頓在電梯口的雜物間裡，和我們隔著兩道

門。土橘貓準備給小漂亮體檢、打疫苗，確定牠健康以後，為牠尋找一個愛牠且負責的新主人。

尋找領養的過程其實很麻煩，要發布領養訊息——這點對於土橘貓來說還比較容易，他可以在直播時詢問觀眾。但難就難在得給小漂亮找一個真心喜歡牠的家長，讓牠和我們一樣，把「新家」變成真正的「家」。

最終土橘貓選擇了一位他的多年老觀眾，是一名剛剛入職成為實習醫生的小姐姐。小姐姐以前讀書時，家裡有養貓經驗，她工作後獨自居住，想再養一隻屬於自己的小貓咪。就在她剛剛產生這個念頭，就在直播間裡和小漂亮一見鍾情。

如今小漂亮已經完全在小姐姐家裡扎根，小姐姐時不時會給我們傳來牠的照片。牠住進小姐姐的漂亮房子，有自己的貓砂盆和玩具老鼠，牠每天打滾賣萌，從骨瘦如柴的小母貓變成肥潤可人的小豬貓。

02

詐騙貓貓從良記

　　從小漂亮身上，我第一次發現，流浪貓和家貓巨大的不同。

　　別看小漂亮在樓下對土橘貓一片諂媚，實際上在牠剛被接上樓住的第二天，吃飽喝足的小漂亮就撓了土橘貓一爪子，僅僅是因為土橘貓想摸牠。

　　我猜那時候牠還不太適應在小房子裡生活，活動範圍忽然被侷限，心情很惶恐吧？

　　後來牠還抓了土橘貓第二爪、第三爪，原因各不相同，比如土橘貓試圖給牠剪指甲，比如試圖把牠裝進航空箱帶牠

去醫院體檢……

　　好在小漂亮算是一隻性格穩定的小母貓，在經歷過動蕩和不安以後，很快就適應新主人家的生活，聽說現在也能容忍小姐姐給牠剪指甲了。

　　像小漂亮這麼輕易就融入家庭生活的流浪貓，屬於很幸福的類型。

　　這裡不得不提到另一隻令土橘貓都頭大的小野貓。牠叫羊毛，是愛心媽媽在送走我和白粿以後，新撿的一隻小貓，純白長毛，據說是田園貓界中高貴的山東獅子貓——中華田園貓與波斯貓雜交後出現的品種。

　　羊毛是愛心媽媽的網友在上海郊區一家電子廠門口發現的，牠雖然很髒但眼神很可憐，也不怕人，小小的一隻，看著你的時候彷彿在說：「請問有香香飯嗎？」

　　一開始是網友想把牠帶回家養，但她沒有誘捕的經驗和工具，愛心媽媽也被羊毛清澈的眼神欺騙，於是決定帶著航

空箱和小零食支援網友，幫她誘捕小貓咪。

誘捕過程中，羊毛本性暴露，直接給了一爪子，愛心媽媽手臂上立刻血流如注。好不容易連哄帶騙地把牠抓住，結果網友打了退堂鼓。

這位網友從未養過貓，看到羊毛抓人才意識到，貓不僅會有脾氣，而且還會生病。羊毛髒兮兮的長毛底下，可能有跳蚤，也可能有貓癬等其他毛病。

但羊毛此時已經在航空箱裡了，而且當時是11月，上海馬上就要入冬，牠作為一隻在工廠流浪的小貓咪該如何覓食保暖，熬過冬天？愛心媽媽無奈之下，只好先將羊毛帶回自己家。

原本愛心媽媽是想把羊毛收拾得漂漂亮亮，就像小漂亮一樣，一切穩妥之後，為牠找個新家。

沒想到過了幾天舒適生活的羊毛，很快顯露出自己的本來面目。

　　牠根本不是一隻溫馴的小嬌嬌，而是隻肌肉拳擊貓！帶去醫院一看，牠雖然只有2公斤多，但其實已經8、9個月大了，之前只是因為營養不良，在吃好睡好瘋狂長肉以後，瞬間變成一隻6公斤的大型「猛男」，對人類揮拳下嘴毫不猶豫，而且身體靈活，爆發力極強。

　　牠開心時咬人，生氣時也咬人，隨時隨地躲在暗處試圖襲擊人類，但睡覺還要跟人類擠一個被窩——你說氣不氣人！

　　因為牠的這些壞習慣，愛心媽媽不好意思把牠送給朋友領養，只好自己收留牠。

　　為了教育牠，愛心媽媽度過一段非常痛苦的時光。一開始她試圖像教育我和白粿那樣，動之以情，曉之以理，但羊毛根本不理不睬，唯一增長的只有人類身上的傷疤。

　　直到有一次，愛心媽媽在看動物園視頻，羊毛聽見獅子打架的吼聲，忽然停下腳步，往後退了一步，似乎有點害怕。愛心媽媽受了啟發，在羊毛襲擊她的時候跟羊毛大打一

架，把牠壓在身下吼牠，咬牠耳朵……之後，羊毛大概把愛心媽媽當成了母獅，變得順從了。

但這種順從並不是隨時隨地的，比如土橘貓第一次受邀去給羊毛剪指甲，就發現羊毛力大無窮，兩個人都按不住牠。

以至於土橘貓見人就說，白貓真的不聰明，教不會。可是愛心媽媽告訴我，羊毛其實很聰明，牠像狗一樣會聽很多指令——叫名字會來；把手給牠說親親，牠就會跳起來親你的手背；更離譜的是，牠喜歡玩舉高高遊戲，人類只要拍拍胸脯，羊毛就會原地起跳向你撲來，你得在空中接住牠並把牠扛上肩膀……

牠對這些遊戲樂此不疲。

就這樣，愛心媽媽幾乎花了一年的時間，每天訓練羊毛並安撫牠，才逐漸讓牠對人類沒有敵意，不再隨便張嘴伸爪子……聽說最近羊毛已經矯枉過正，從咬人貓變成黏人貓，每天都要和人類親親，喜歡趴在人類腿上睡覺，喜歡人類拍

牠屁股，還喜歡爬上人類肩膀舔頭髮。

可以說是一個詐騙犯經歷改造並從良的血淚史。

後來我才知道，與從小生長在人類身邊的我們不同，流浪貓即使性格再好，被馴養到能夠像家貓那樣生活，也需要一個適應的過程，有的貓時間長，有的貓時間短。如果沒有受到精心的照顧和教育，甚至會一輩子躲在暗處觀察，與主人「相敬如賓」。

我覺得，在長期的生存壓力下，家貓和野貓似乎進化出不同的生存本領。

我有所聽聞的流浪貓幾乎身體素質都非常好，雖然因為在外流浪，身上總有些傷病，但一旦被人類收養治療，牠們恢復的速度特別快，很容易就變得健碩。幾乎很少流浪貓像我一樣，從貓舍帶出來許多病毒，身體抵抗力也很差，三天一小病，五天一大病。

我猜，這可能是牠們為了在野外活下來，特地鍛鍊出強

壯的身體。

家貓則進化出另外一些奇怪的本領，比如天生與人類親近，比如擅長用自己可愛的樣子蠱惑人心。這些部分，我和白粿無師自通，畢竟我們是經歷了許多痛苦後被人類製造出來的，本能地知道自己生活能力低下，需要被豢養。

後來土橘貓告訴我，根據人類媒體的報導，世界上有數億的流浪動物，能夠像小漂亮和羊毛這樣被妥善照顧的，只有其中的1.58%；但即便這1.58%，也可能會面臨人類的遺棄。

我一邊覺得我們是幸運的，一邊也想說，親愛的人類，當你們希望有小動物陪伴的時候，不妨考慮一下另外的98.42%哦！

雖然馴養牠們可能需要付出更多的愛和教育，但我想，小動物都很單純，奔赴總是雙向的。

番 外

綁架代替購買

By KB 呆又呆

我家樓下的貓是有幫派和部落的。

以獨眼大橘貓為首的門衛幫，佔領了社區出入口，進行盤查工作。鴛鴦大白帶領的花園派，徘徊在中央花園的水池和竹林裡。連接馬路的綠化帶附近，還有一個試圖進攻社區的野生部落。

但小漂亮不一樣，牠不在任何一個貓咪組織裡，永遠蹲在我家樓下的門廳口。

牠有的時候在電動車上睡覺，有的時候在屋簷下躲雨。只有一隻黑貓偶爾會來拜訪牠，其餘時候，牠就在我家樓下「遺世獨立」。

我只要下樓，小漂亮都會來跟我打招呼，後來我就經常隨身帶著一點貓糧或者貓零食，看到牠的時候禮尚往來。

有一次，社區裡的貓一夜之間全部消失，我以為牠們都被抓走「處理」了。那天一整晚，我的心裡都掛念著小漂亮。第二天才知道，原來是被抓去做結育了。

　　最離譜的是，結育完的貓重新被投放回來，好多貓都變樣了，可能是動物保護團體投錯了地方，把其他社區的貓送到我們社區。貓派江湖重組，只有小漂亮不為所動，還是每天蹲在我家樓下。

　　有一回我下樓碰見牠，但忘了帶罐頭，就跟牠說：「你等等哦，下次我給你帶。」

　　沒想到牠真的在等，我晚上回到家，發現牠還在，用同樣的姿勢坐在同樣的位置上。於是我就上樓拿罐頭下來餵牠。

　　我想，這大概是一種緣分。從那次以後，我就開始思考要「綁架」小漂亮。

　　但我不確定應不應該將牠綁架回家。牠是習慣了在戶外自由自在的生活，就算容易得病、吃了上頓沒下頓也無所謂；還是牠會願意被人關起來，衣食無憂安然活到七老八十？我不知道牠喜歡哪種生活……後來轉念一想，不對

啊，貓又沒有概念，牠的智商應該不足以思考這麼哲學的問題，活得舒服，沒有病痛，我看牠就知足了。

於是我用一個罐頭將小漂亮誘拐回家。

當然，我不可能自己養小漂亮，牠畢竟是一隻混過社會的長腿大貓，戰鬥力非凡，我家那兩隻短腿小貓遇到牠，不知道會被欺負成什麼樣子。

我準備帶小漂亮去體檢、打疫苗，洗得乾乾淨淨，找個好家庭送出去。

待在我家的日子，小漂亮住在電梯間，與幫幫、白粿隔著兩道門。幫幫還試圖跑來電梯間和牠打招呼——這小子真的是貓界社交王，但我沒讓牠出門，省得以後小漂亮走了牠又想人家。

剛開始兩三天，小漂亮有點不適應，牠到處走動研究環境，還會站在門口喵喵叫，試圖越獄。

我想摸摸牠，牠還撓了我兩爪子，害我反省了半天，是

不是我擼貓的手法不對。

　但再過幾天，牠就一副舒服到樂不思蜀的樣子了。我一進門就看見牠躺在貓窩裡睡覺，一看見我，伸個懶腰，就問我有沒有吃的。

　吃完，再伸個懶腰，又躺進貓窩裡曬太陽。

　我心裡知道，小漂亮跟我的緣分只有幾個月，牠很快就要離開。我在照顧牠時反而更用心，有點野花比家花香的味道。

　現在，小漂亮的新主人是個剛出社會的妹子，小漂亮生活優渥，已經變成了「小豬漂亮」。

　妹子偶爾會給我發「小豬漂亮」的照片和視頻，真不錯。

03

土橘貓的遛狗夢

　　我們搬進大房子以後，土橘貓有段時間突發奇想，蠢蠢欲動，試圖養一隻金毛犬。但對他來說，養狗最大的阻礙是要遛狗。作為一個宅男，一天下兩次樓真的挺難為他。

　　為了體驗一下養狗的感覺，伴隨著初春新發的嫩芽，十萬加肩負重任的來我們家做客了。

　　加仔來我們家之前，愛心媽媽為了讓牠有個良好的形象，特地送去寵物店給牠洗了澡。結果土橘貓遭遇了養狗第一課——加仔當眾拉稀。

十萬加屬於中型犬，打車有點困難，許多司機都不願意載牠。土橘貓算了算距離，步行大概40分鐘，於是決定鍛鍊身體，遛狗回家。沒想到加仔剛洗完澡，又吹了風，沒走10分鐘，就在一家大型商場的門口拉肚子了。

眾目睽睽之下，土橘貓異常尷尬地掏出紙巾和袋子給加仔撿屎，可是便便太稀了，像煎餅一樣糊在地上，土橘貓撿也不是，不撿也不是，路過的老阿姨發出嘖嘖聲，他更加尷尬了。

加仔並不能領會土橘貓的尷尬，一路上拉了三次肚子。

原本40分鐘的路程，硬是走了一個多小時才到家。

我有一段時間沒見到加仔，牠也結育了，果不其然胖了起來。加仔已經5歲了，大約相當於人類的30多歲，而我也是個20多歲的小伙子了。

再見面時，我們都成了要開始減肥的年紀。

成年貓狗之間的交流就變得很平淡，點點頭，聞聞屁

股，我繼續去孵我的貓爬架。

　　但土橘貓和白粿明明也一把年紀，面對加仔時，卻像小孩子找到了新玩具。

　　土橘貓很壞，他一邊給加仔倒狗糧，一邊不停對加仔說：「你胖了，不能吃太多哦！」

　　可憐的加仔只聽得懂「不能吃」，乖乖停下進食，委屈巴巴地轉頭看土橘貓。土橘貓失笑，又拍拍牠屁股：「吃吧吃吧！」於是加仔又轉頭吃了兩口。

　　土橘貓又說：「但是只能吃一點點，不能多吃哦！」加仔聽見了「不能吃」三個字，再次委屈巴巴地轉頭……如此樂此不疲。

　　和土橘貓相比，白粿就比較簡單粗暴了，牠就是又慫又想打。白粿記不住事，半年沒見到加仔，牠把加仔當成了一隻新狗。而且這次加仔不是來串門子，而是要住三天，這讓白粿感受到一絲危機，生怕自己不再是最受寵的。

　　加仔不管走到哪兒，白粿都跟在牠身後，保持幾米的安

全距離，踏著凌波微步，小心翼翼地蛇形跟蹤。加仔一轉頭，發現背後的白粿，歡快地衝過去想問牠玩不玩遊戲，白粿立刻朝牠臉上吐一口口水！

之前也說過，不知道白粿小時候的生活是什麼樣的，牠剛來上海的時候才兩個多月大，就已經學會貓咪的髒話，不管是齜牙咧嘴的嘶哈聲，還是往別人臉上吐口水，我有好多髒話都是從白粿那裡學來的。

加仔被口水攻擊了，只能灰溜溜退走，但又捨不得白粿，屢次試圖靠近牠。

如此循環反覆。

我夾在中間很難做「貓」，一面要安撫妹妹，一面要安撫加仔。

因為加仔的到來，白粿跟我的關係再次得到緩解。我忽然發現，白粿雖然平時老要跟我打架，但對我還是有信任和依賴的。白粿吃飯的時候，為了不被加仔打擾，牠都會讓我

幫牠把風。我吃飯的時候，牠也會守在一旁，佔領一個高地，一動不動地盯著加仔，準備隨時向我發出警報。我雖然不需要，但並非不感動。

　　白粿是個很彆扭的妹妹，雖然憨憨的，卻很莽撞，從來不肯直率地表達出自己的好感，一開始總會讓人誤會。但總有一些時候，你會忽然意識到牠的愛意：不管是牠彆彆扭扭地站崗放哨；還是每天堅持陪土橘貓上班，躺在他旁邊看他打遊戲；抑或是牠抓到小蟲子，都會把蟲子放進我的玩具盆裡。

　　小貓咪的愛意比人類難懂一些，表達方式可能也會有些奇怪。人類千萬要多一點耐心和細心，不要錯過我們表達愛意的舉動。

　　這個故事的最後，以土橘貓意識到每天遛狗好麻煩作為結束。

　　土橘貓經常工作到半夜兩三點，才帶加仔下樓上廁所。

　　要不是加仔老實，能憋得住，換別的狗可能早就用尿尿在家裡地板上畫畫了。

　　三天後，土橘貓將加仔「狗歸原主」，回家看到我和白粿，一個箭步上前分別親了我們一下。

　　我暗暗在心裡想：別掙扎了，雖然家花不如野花香，但你就老老實實跟我們相親相愛吧！

　　嘻嘻。

抓不住流量密碼，但我們一起長大

01

拿到百萬粉的金牌牌

我現在是一隻3歲的小貓，生命中有2年半與土橘貓朝夕相處。

今天想跟大家重點介紹一下我的飼養員，希望他本人不要看到這一章。

之前也介紹過他是B站UP主和遊戲主播，說白了就是打遊戲和做視頻的。這孩子從小就有網癮，腦子一般，成績也不好──好在遊戲打得還不錯。

有時候我忍不住想感謝互聯網和直播平臺，要不是你們催生了這種新工作，土橘貓可能還在福州的哪個角落打工。

對他而言，那未必是不好的生活，但我們就永遠無法相遇了。

土橘貓在B站上發視頻非常早，我偷偷翻過他的個人主頁，最早的視頻是2013年上傳的。那時候，他才十五六歲，聲音跟現在完全不同。高中時媽媽給他買的一台電腦，就是他青春期最大的慰藉。

因為這台電腦，他不僅交到了朋友，還找到了工作。

我第一次和他一起直播，是2019年6月1日。

那時我們剛住在一起不久，他給我買了一個巨大的貓爬架——真的好大哦！有三層，除了纏著麻繩、看起來很好玩的柱子，還有一個圓圓的透明盆！

但網購貓爬架是需要自己組裝的，於是他開了個直播，我們在鏡頭前一起組裝貓爬架。

這是我第一次面對直播間的觀眾朋友們，也是許多人喜歡我的起點。

　　直到很久以後，我已經是一隻可以獨立直播的貓貓，還是會想起小小的我被土橘貓撈起來，放進貓爬架透明盆裡的那一天。

　　我聞了聞手機鏡頭，那是互聯網的奇怪味道。

　　2020年8月的最後一天，我們搬進新家不久後，土橘貓在B站上的粉絲數終於跳過100萬的門檻。

　　那是一個悶熱的下午，他抱著我和白粿，輪流親了好幾口。

　　土橘貓的口水讓我想起他剛到上海時，去B站領取他的10萬粉絲銀牌牌，那時他說，不知什麼時候才能拿到100萬粉的金牌牌⋯⋯

　　那時我們剛成為一家人，我不知道怎麼安慰土橘貓。現在，互聯網上冰冷的數字忽然有了溫度。

　　我喵：「你終於要有自己的金牌牌了！」

　　白粿也喵：「金牌牌！金牌牌！」

白粿這個笨蛋根本不知道金牌牌是什麼。

其實我也不太懂，但我懂土橘貓。

互聯網上的數字是個很奇怪的東西，你要說它沒用嗎，它代表了一個人投入的時間、金錢和能夠獲得的回報，是一個非常具體的度量衡；但你說它有用嗎，牠只是一串不停跳動的數字而已。

這串數字看得見，摸不著，大部分時候，我們都搞不清它為什麼而跳動。這麼想來似乎有些冷冰冰的，但這些數字的背後卻又是一個個真實的人，又讓人覺得溫暖。

百萬粉到來，土橘貓決定和平臺一起搞個慶祝活動。平臺行銷姐姐問：「你有宣傳照嗎？我們要幫你做活動頁面。」

土橘貓問：「宣傳照是什麼？」

白粿也問我：「宣傳照是什麼？」

我想了想後回答：「大概就是為了把我們賣出去所拍的那些美美照片和視頻吧！」

可想而知，土橘貓當然是沒有宣傳照的。於是他開始兵荒馬亂地準備去拍照，聯繫了攝影師和場地，想了半天穿什麼衣服。到了要去的那天，白粿提出抗議。

白粿喵：「我也要！我也要！」

土橘貓問：「你要什麼？」

白粿喵：「拍照照！」

土橘貓一想也對，照片要放在平臺上作為UP主和直播間的介紹，少了我們是不完整的。他大手一撈，把我倆都帶上了。

又是我最討厭的出門環節。更離譜的是，攝影棚裡還有一隻大肥貓，雖然為了我和白粿的安全，攝影師把牠趕到樓上的小房間，但我還是很不安。

白粿其實也很不安，牠是嘴炮王，色厲內荏，到了攝影棚，牠率先出去逛了一圈，回來就硬跟我擠在一個航空箱裡。

兩隻貓在一起，意外地有安全感。

土橘貓也沒在攝影棚裡拍過照。攝影師對他說：「來點動作。」他就抓頭，然後手也不知道要放哪兒。攝影師讓他往前走兩步，他差點摔倒。

我猜他心裡也慌成一團，只是和白粿一樣強自鎮定。

終於等到攝影師說：「兩隻小貓咪一起來拍吧！」

白粿徹底慫了，在燈下瑟瑟發抖，我看到這麼多燈，也有點害怕。攝影師試圖讓土橘貓抱著我倆來一張溫馨的全家福，可惜我和白粿已經不知道如何配合，我們在土橘貓身上瘋狂扭動，彷彿他是個炭盆，我們的手腳都無處安放，不是我跑了，就是白粿爬上他頭頂撒潑。

攝影師抓拍出來的照片，生動到變形。

最終，為了緩解緊張的情緒，我和白粿打了一架。我倆舒服了，全家福也拍完了。

嗯，挺溫馨的。

　　終於到了活動慶典當天，土橘貓不僅把自己收拾得人模人樣，也給我和白粿戴上了小裝飾。活動的主題叫「KB和他的100萬個朋友」，我們一家三口一起露面。

　　那天晚上，土橘貓的觀眾特地給他一個驚喜，大家一起給他發彈幕，說：「已成功連接至1010，永不斷連。」

　　1010是土橘貓直播的房間號，「已成功連接至1010」是土橘貓每天開直播時，智能彈幕播報程式說的話。

　　土橘貓常說，他的工作就是透過網路和人交流，時間長了，有的時候會懷疑自己是不是在做無用功，因為互聯網觸不到，摸不著，一切都是虛擬、不真實的。

　　但那個瞬間我覺得，我們和觀眾之間是有任意門的，我們切切實實被連結在一起。

　　他準備了一首小曲，那天晚上唱給自己的觀眾聽。歌詞有一句是：「雨會下雨會停，這是不變的道理，夜空中北極星，迷路的人不恐懼。」這不僅是土橘貓唱給觀眾們聽的，

也是我和白粿想唱給爸爸聽的。

在土橘貓100萬粉之前，我們常常一起為了這些互聯網上虛擬的數字發愁。

6個月大的時候，我擁有了第一個B站100萬播放量的視頻。2歲半的時候，土橘貓給我和白粿開了自己的帳號——「幫粿呆衝浪手冊」，沒過多久，我擁有了第一個300萬播放量的視頻。我還被做成很多表情包，很多人甚至不知道我是誰，卻在用我的「貓貓敬禮」表情包。

聽起來，我好像是紅了。

第一個視頻上百萬播放時，我和土橘貓面面相覷。土橘貓有點沾沾自喜，覺得雖然自己不紅，但貓兒子可能馬上就要成為頂流明星、國民偶像了！而我非常茫然，並不知道發生了什麼——說實話，我每天都正常的吃飯、睡覺、玩耍，只是人類覺得我可愛。

很快的，土橘貓的如意算盤落空了，除了我和白粿的視頻有點擊量，他的遊戲直播觀眾仍然少得可憐，每個月拿著平臺給的死工資，很快的我們就正視現實了——流量明星可不是那麼好做的！視頻收到了平臺發來的創作激勵獎金，土橘貓幫我換成了貓糧、高級罐頭和貓砂。

日子一天天過去，我真正被更多人知道，是在疫情期間。直播間裡的人越來越多，用視頻彈幕與我對話的人越來越多。**疫情期間的陪伴，讓我第一次真正感受到，被螢幕前的人類喜歡，是一件快樂的事情。**

我想，土橘貓應該跟我的感受一樣。

雖然有了100萬個朋友，我們的日子好過了起來，但土橘貓至今還時常為著互聯網上各種各樣的數字發愁。

所以我總想跟他說：「雨會下雨會停，這是不變的道理。只要我們手牽手，在一條路上走下去就很好了。」

對不對？

02

假錄影之名，行體驗之實

　　因為我們一家三口在互聯網上漸漸有了點名聲，有節目找到我們，邀請我們一起參加錄影。

　　這檔節目叫「寵物醫院」，是B站的一個紀錄片，專門拍攝在寵物醫院裡發生的故事。我的好朋友花生米參加過第二季的錄影。

　　牠告訴我，在那次錄影中，牠失去了蛋蛋……

　　我和白粿要拍攝的是第三季，好在我已經沒有蛋蛋可以失去了。

終於到了拍攝當天，土橘貓準備帶我們出門，他甚至還特地用髮蠟抓了抓頭髮。我和白粿興致勃勃地走進航空箱，與土橘貓一起踏上旅程。

沒想到，我們橫跨半個上海來到目的地，真的是一家寵物醫院！而且拍攝內容竟是我最討厭的體驗！

白粿已經在旁邊齜牙咧嘴了，牠覺得被騙了，本以為是來美美的當女明星，沒想到有人想往牠腿上戳針管。

白粿喵：「哥，我們回去吧！」

我喵：「好像已經來不及了。」

白粿喵：「我終於懂了，爹說要讓我們拍節目，當大明星，其實只是為了蹭一次免費體驗吧？」

我：「……」

除了有攝影師記錄我們體驗的全程，真的沒有什麼錄影的感覺。

白粿一如既往的威猛，給牠抽血時，三個護士姐姐都按

不住牠，院長爺爺的手上被牠抓出好幾道血痕。

　　白粿慘烈的叫聲從抽血室裡傳出來，土橘貓在門外眼角直抽搐，卻還安慰護士：「沒事沒事，妳們別怕，該抓住就抓住，該扎針就扎針。」

　　節目組姐姐問他心疼嗎？

　　他說：「心疼歸心疼，但體驗是為了牠好，牠也就生氣一下，只要不氣出病來，還是值得的。雖然牠不知道我是為牠好，但該做的事情還是要做。」

　　可憐的土橘貓，其實白粿知道你的心意，牠就是單純想發脾氣而已。

　　我就不一樣了，我乖乖的讓醫生抽血，只是悄悄把頭埋進土橘貓的懷裡。

　　院長爺爺非常耐心的檢查我的身體，教土橘貓怎麼護理我時常會堵住的鼻孔。最重要的是，他告訴土橘貓，我不胖！

　　體重問題已經困擾我太久，自從我漸漸長大，常常看我視頻的觀眾朋友們就會說：「幫幫胖成小豬啦！」土橘貓也經常說：「幫幫別吃了，留點給妹妹吧！」

　　我只是很難抵擋食物的誘惑嘛！

　　好在院長爺爺為我正名——我不胖，只是不能再胖了而已。因為是短腿貓，我和白粿的體型比普通貓咪小一些，現在的我大概4.5公斤。放在普通貓咪裡，這個體型甚至算瘦的，但對我們而言，已經在體重超標的邊緣，再胖下去，會給關節和骨骼帶來負擔。

　　我沒有超重！這讓土橘貓鬆了一口氣，但他仍然嚴格控制我的食量。

　　看他沒收我的凍乾肉和小罐頭，有時候我也會發脾氣。但是想到他在抽血室外面說的話，我想，這是他的一片心意，我可不能辜負了。

　　總而言之，對我和白粿來說，這次節目拍攝沒有帶來一

絲成名的喜悅，我們甚至雙雙負氣回家。對土橘貓來說，他的生活好像也沒有發生任何改變。

　　我終於意識到，一夜成名這種事情，似乎並不存在於我們的生活中。

　　土橘貓只是一個很普通的視頻分享者，而我和白粿，也只是普通的小貓咪。他從來不會為了拍視頻強迫我們做不喜歡的事，我們也單純地在鏡頭前展示自己最原本的生活。這些年來，我們分享生活視頻，積攢了許多喜愛我們的觀眾，這樣就已經謝天謝地了！生活還是一天天過，我也在努力跟土橘貓一起分享美好的瞬間。

　　這次經歷，只有偶爾跟鄰居小貓吹噓的時候用得到──我也是上過節目的小貓咪呢！

03
「媽媽說我從小就是受氣包」

　　土橘貓雖然是個打遊戲的宅男，喜歡玩射擊遊戲，在觀眾面前也是一副硬漢形象，但聽說他小時候長得很像女孩子，而且很愛哭。

　　爸爸罵他就哭，表哥不帶他玩也哭（害得表哥被舅舅一頓暴揍），長大了玩《英雄聯盟》遊戲，因為打不好被隊友罵，也偷偷哭過一次。

　　我小時候有段時間在長牙，嘴特別癢，他的手看上去像磨牙棒，每次他摸我，我就忍不住想咬。

　　結果我一張嘴，他就假哭——這大概就是熟能生巧吧！

真的很尷尬，你說我咬還是不咬好？

咬下去，覺得自己是隻大壞貓；不咬呢，又氣得牙癢癢。

最後想想還是不咬了，不是因為心疼，只是單純覺得吵。後來我發現他打遊戲的時候也喜歡假哭，演得特別像，以至於和他一起打遊戲的朋友哭笑不得地罵他：「哭哭哭，就知道哭！」

這時他會弱弱地說：「媽媽說我從小就是受氣包。」

土橘貓跟我完全相反，我是打針吃藥的冠軍，他是我見過最怕打針吃藥的人類。

每次吃藥他都要猶豫半天，藥片太大了他吞不下去，藥粉太苦了他就嗚嗚亂叫。打針就更誇張了，要朋友抓他去醫院，像押送犯人上刑場。明明是眼睛一閉一睜的事情，他會嚶嚶嚶到護士阿姨都嘲笑他。

每次我都想對他說：「Be a man，bro。」學學我好嗎？

我不理解哭的真正含義，直到我第一次看見土橘貓流眼淚。

那是在2020年底，B站推出一項直播比賽，叫「bilibili living star」。

他和粉絲們一起準備了很久，花了很多心思，想拿個好名次。比賽到了最後一天，他的排名也一直遙遙領先，結果就在比賽截止前的0.5秒，另一個公會主播（大概就是主播經紀公司之類的機構吧），硬是靠公司砸錢超過他，拿到了第一。

那時候我在旁邊看著他，剛開始他還強裝鎮定，對粉絲們道歉，說著說著，忽然就沒聲了。我看見他把鏡頭關掉，眼睛紅紅的，眼淚流了出來。

小貓咪是不會流眼淚的，我們流眼淚都是因為生病。所

以我看到眼淚的瞬間，有些不理解他怎麼了？後來我才懂，原來這就是哭泣。

再後來，我逐漸了解人類，才知道遇到很多事情他們都會哭。求而不得的時候，覺得委屈的時候，身體或心靈感覺疼痛的時候，甚至開心和感動的時候，他們都會製造出這種叫「眼淚」的東西，從眼睛裡分泌出來。

他們說，如果遇到傷心的事情，哭完以後情緒會被釋放，就能好很多。甚至可能會有親人、朋友和伴侶在一旁安慰你，一起幫你想辦法。

真的好羨慕人類可以哭哦！

小貓咪受傷的時候，只能默默地舔自己的傷口。

有很多人類覺得哭是軟弱的表現，是令人羞恥的事情。我第一個站出來反對。

你們身在福中不知福，有眼淚可以流，多幸福呀！眼淚不僅可以發洩心中的情緒，也能表達自己的情感。**希望我的**

人類朋友們，都可以想哭就哭，想笑就笑，這樣日子才能過得有滋有味。

就像我家土橘貓。

雖然他在大家面前哭完以後，硬說自己流眼淚的原因是一口氣吃了5包辣椒，還試圖洗腦整個直播間，讓大家忘掉剛才的尷尬。

但大家都沒有戳破他，反而溫柔地安慰他。

那個瞬間，我覺得哭哭真好！

縱使一件事的結果糟糕極了，無力改變，但你可以和好朋友們一起抱頭痛哭。這讓你意識到，身邊還有更多支持你的力量。糟糕的結果已經在那一刻畫下句號，而支持你的力量才會讓你走更遠的路。

想到這裡，我悄悄走到土橘貓身邊，用尾巴環住他的小腿，希望他知道，我也有小小的力量在支持他。即使他把我抱起來，眼淚和鼻涕沾在我的毛上面，我也不嫌棄他。

再後來，他的好朋友們約他一起打遊戲，嬉笑怒罵了整晚，試圖讓他平復悲傷。

不知道土橘貓是不是也有意識到，事情沒有想像的那麼糟。

那次失敗過後，我看得出來，土橘貓用了挺長時間來調整心態。半個月後，比賽的另一個獎項拉開爭搶的序幕。在賽道設置上，平臺這次把那些會使用鈔票魔法的公會主播們區分開了，剩下的都是個體戶。

和土橘貓同場競技的其他主播，大多數都是半個月前那天晚上安慰他的朋友們，其實他們都很有實力拿獎，但朋友們竟然紛紛表示：「KB太不容易了，這個獎讓KB拿吧！」

其中有一個朋友甚至告訴土橘貓：「我進前五就是為了保你第一。」

他的觀眾也為了不讓他再吃5包辣椒，又和他一起努力了一把。

謝謝哭哭！

那天晚上的11點59分59秒，指針跳過0點，我大聲宣佈土橘貓奪冠。

他站起身，對著鏡頭向大家鞠躬，對大家說：「是你們的溫柔，成全了我的倔強。」

我也感覺吃了辣椒。

土橘貓抱起我，對著我說：「幫幫，我拿冠軍了！」

我聽見他的聲音裡，又有了一絲哽咽。這次的辣椒大概是甜口的吧？

互聯網是虛擬的，甚至可能有時候帶著一些敵意；但友情和愛是真實的。

不要吝嗇你的眼淚哦！

掉下的眼淚會變成奇蹟，來到你身邊。

04

人類的PTSD和治癒

不敢想像，一年又過去了。

土橘貓又要打這個叫BLS的比賽了！一想起這件事，他就抓耳撓腮，心有餘悸。

人類喜歡把這個症狀叫作PTSD——創傷後壓力症候群。大概意思就是受到劇烈的威脅和傷害以後，個體延遲出現和持續存在的精神障礙。

土橘貓當然沒有真的到生病的地步，但我能感覺到他對打比賽的抗拒和一點點害怕。

　　土橘貓一直覺得自己今年的工作成績沒有去年好，去年拿獎都這麼艱難，最後能在溫柔和諧的氛圍裡奪冠，靠的是大家的愛意。今年如果要參加，肯定得靠自己的實力拿獎，只是不知道會發生什麼事情⋯⋯

　　實際上，去年土橘貓幾乎是抱著一生只此一次的心態走紅毯的。

　　所以在頒獎典禮的時候，別人都是找造型師租借行頭，他則自己訂製了一套西裝，特地把自己的網名縮寫「KBdyd」和代表著觀眾朋友們的直播間號「1010」繡在胸口內側。

　　我對榮譽沒有太多嚮往，去年土橘貓奪冠後參加了頒獎典禮，我在家裡和白粿一起看他走紅毯、上臺、接過獎盃，用蹩腳的口氣說著催淚的致詞。

　　這場面看著溫馨又歡悅，螢幕前的大家都很感動。為了這個瞬間，也不是不能努力。

　　土橘貓的朋友則安慰他：「這個比賽，就是主播一年一

度的期末考試，你抱著一個應試的心態去考。只要盡自己的努力，最後的分數是多少，都沒有遺憾。」

白粿最好戰，聽說要比賽，比誰都興奮：「比賽！比賽！衝衝衝！」

就這樣，比賽的時間一點點逼近。

這次，平臺把比賽戰線拉得很長，最後的決賽持續整整2天，每天12個小時，每個小時算一次積分，最後計算積分的總和。比賽前大家要先做算術題，再熬身體和精力，簡直讓人懷疑產品經理是不是打奧數競賽出身的。

這個比賽熬的不僅是我們，更是觀眾。觀眾們守在螢幕前，憑著一點一點的努力，把土橘貓再次送上了冠軍寶座。最終我們拿到冠軍的時候，土橘貓長長地嘆了一口氣。

我猜，他可能是想著：長達一年的PTSD終於被治好了！

後來土橘貓說，能連續兩年拿獎真的出乎他的意料，粉

絲對他的好遠遠超出他的想像，就像「忽然倒太多貓糧，小貓都不知所措了」。

更意外的是，今年平臺在比賽裡加入了萌寵賽道，我和白粿也拿了一個冠軍！

根本沒想到，今年我們有兩個冠軍！

我也成了真正意義上的主播，而不再是土橘貓的直播小幫手。我在鏡頭前努力吃飯，努力玩我的逗貓棒，努力看旁邊的土橘貓玩遊戲——當然，也有很多時間在努力睡覺。

一開始，我忍不住睡著的時候，會有點羞愧。後來發現大家真的在專心看我睡覺吧！大家會在彈幕裡說我的小肚子在呼吸，在起起伏伏，也說我睡覺的時候耳朵會時不時的抖一抖，甚至有的時候我在夢裡踢踢腿又繼續睡，大家會說：「哎呀！醒了⋯⋯但沒完全醒。」

據說人類主播是不允許在直播時睡覺的，只有小貓咪有這個特權。

所以我就理直氣壯地睡覺了！畢竟小貓咪一天要睡10到

15個小時呢！

　　觀眾們對我說，他們也沒想到，自己能看一個安靜的小貓睡覺直播，一看就是好幾個小時。或者他們沒有一直看，只是開著放在旁邊，工作學習辛苦時，轉過頭看幾眼，收穫一些安寧與治癒。

　　這裡必須要控訴一下白粿，牠都不好好直播，女明星耍大牌，每次睡覺都鑽到瓦楞紙箱裡，觀眾只能看得見牠的黑爪爪。不像我，根本不介意把臉搭在貓盆邊，即使臉上的肥肉被貓盆邊緣卡出一坨翹了起來。

　　得到這個冠軍，我才知道原來拿獎是一件如此令人令貓開心的事情。這並不意味著你有多強大，但彷彿在告訴你，你確實能為螢幕前的觀眾做些什麼。實際上，我付出得很少，也不怎麼辛苦，僅僅是在直播時一如既往過我的生活。但有人願意站在你這邊，一邊從你身上收穫快樂，一邊不吝惜自己的讚美，為你戴上原本不屬於你的勳章，真好！

或許，這就是人類所說的「雙向奔赴」吧？我有在奔向你們哦！

只是很可惜，作為小貓咪，我和白粿無法去頒獎典禮現場，只能請經紀人土橘貓為我們代領冠軍獎盃。

但我們還是用心準備了領獎致詞——

「謝謝喜歡我們的所有觀眾，這個獎是大家送給幫幫白粿最好的禮物。**我們小貓咪的壽命比人類短很多，無法陪伴大家度過人生的全部旅程，但希望在有限的時間裡，能為大家帶來盡可能多的歡樂與愛**；也希望所有觀眾朋友們，在愛小貓咪的同時，能夠好好愛自己。」

番 外

至今還是抓不住流量密碼

By KB 呆又呆

　　我養幫幫和白粿的時候，從來沒想過牠們能走紅。當然，現在牠們算紅嗎？

　　可能算吧！

　　我覺得幫幫紅靠的是牠自己，因為牠長了一張大眾喜歡的貓臉，牠的性格恰好也是現在觀眾最喜歡的擬人性格。比如說牠總是看起來很深沉，在思考；比如說牠會自己吃藥，打理自己的生活；又比如說，牠喜歡社交，很容易跟其他動物交朋友……

　　這些都是牠自己天生的性格，我後天付出的部分很少。我能做的，就是盡我所能精心地養育牠，關心牠的身體健康——但這些並不是流量密碼。

　　其實白粿也很可愛，在長相上更是標準的貓美人，但是牠的人氣就是沒有幫幫高。因為牠在性格上和長相上更像一隻普通的貓。而幫幫既有貓咪的可愛，又有許多擬人的特質。或許，這就是觀眾喜歡幫幫的原因吧！

但你要說幫幫給我帶來了什麼好處？其實很難說。

可能是雙面刃吧！

不能否認，貓咪走紅對於一個自媒體創作者確實是有幫助的。幫幫的可愛讓很多人順便認識了我，但與此同時，我本身作為一個遊戲主播和UP主的本職工作，變得越來越少人看。每當我發布自己的作品、做自己的工作時，總有許多觀眾問我為什麼不拍貓。

而且因為幫幫的生活逐漸暴露在觀眾們眼裡，我必須更小心翼翼，避免一些莫須有的指控。我第一次帶幫幫上鏡時，因為緊張，幫幫被我抱在手裡，時不時晃一晃，就被一小部分觀眾投訴虐貓。

這種指控真的令人百口莫辯。

所以有段時間，我刻意地盡量少拍貓咪視頻，平衡自己的創作內容。現在我專門開了一個貓咪帳號，分享小貓咪的日常，區隔開想看貓咪的觀眾和看遊戲分享的觀眾。

究其原因，一是我養貓的初衷，並不是希望靠貓賺錢，

只是單純地需要陪伴。二是貓咪視頻如果想要拍出創意，不僅需要創作者花心思，也需要讓貓咪配合，但這些事，貓咪未必喜歡。在這種創意上，我的態度是盡量小心謹慎，對牠們有危險、會讓牠們受驚嚇的事情一概不嘗試。

小貓咪被大家喜歡，我當然開心。我也特別喜歡給觀眾們展現幫幫和白粿的可愛瞬間，因為牠們真的很可愛！

因為大家的喜愛，幫幫和白粿甚至能自己給自己賺貓糧錢，我也特別開心。

這是對我們一家貓最高的獎勵了吧！

但能不能抓住流量密碼，我現在不太會焦慮於此。我和幫幫、白粿在一起，或許才是最重要的事情。

| 結語 |

我也會比你先老去

幫幫

2022年，我目前3歲，是一隻青年貓貓了。

土橘貓對我說，根據貓和人類的年齡換算，貓咪1歲相當於人類的18歲，以後每長大1歲，約等於增加人類的7歲，所以我現在已經32歲了。

土橘貓說，他得叫我「幫哥」，叫白粿「粿姐」。

使不得使不得，那再過兩年，他豈不是得叫我「幫叔」，叫白粿「粿姨」？一下子把我倆都叫滄桑了！

自從土橘貓發現我的年齡已經超過他後，他對我的態度就更像哥兒們了。每天回家他跟我打招呼都是：「嘿，幫

215

幫，我回來了。」

　　叫我吃飯也是：「阿幫啊，吃飯了。」一股哥倆兒好的氣氛。

　　但很奇怪，他日漸尊敬我，卻還是把白粿當臭妹妹，每天跟牠玩沙雕遊戲，抱著牠在沙發上打滾兒……

　　白粿對土橘貓只尊敬我，卻不把牠當大姐頭的行為特別生氣，每天罵罵咧咧：「我要當姐姐！當姐姐！」

　　我只能安慰她：「當妹妹多好，家裡最小的才能先吃飯。」

　　白粿喵：「不要先吃飯！我要當姐姐！」

　　可惜我和土橘貓都沒有慣著白粿的意思，牠在家裡仍然是唯一的臭妹妹。

　　隨著年齡增長，我愈發意識到一件事情——我和白粿，會比土橘貓先老去。

　　他可能仍然20多歲，而我們已經步入老年。

　　我有些無法想像那時的生活，我會不會生病、癱瘓、不能動彈，需要土橘貓給我把屎把尿……到時候，土橘貓又該怎麼面對我？他會不會要叫我「幫幫爺爺」？

　　就在前年年初，我生日的那天，土橘貓接到他爸爸的電話，說爺爺得了阿茲海默症，另一種傳統的說法叫作老年癡呆。得知這個消息，土橘貓躲在被子裡哭了兩天。

　　兩天後，他重新打起精神，嘻皮笑臉地面對他的觀眾。但我知道，他心裡的傷口並沒有癒合。

　　土橘貓小時候父母離異，他有很長一段時間跟著爺爺奶奶生活。家裡條件不好，也是爺爺奶奶省吃儉用撫養他長大。

　　爺爺腿不好，在患阿茲海默症前就已癱瘓近5年，無法下樓。兩位老人住在老房子裡，沒有電梯，家中堆放著捨不得丟棄的老家具和雜物，甚至無法再容納一張護理床。奶奶扛

不動90公斤的爺爺，又不願意請看護，她像一隻母貓，毫無理由但倔強地守護著自己的地盤，即使那只是一間老舊房屋的陽台、廚房和廁所……

爺爺日常的移動範圍就是從臥室的床鋪到客廳的電視機前，每天看電視，抽便宜的香菸，漸漸的，耳朵也不好了起來。

傳統老人的固執讓爺爺不肯離開家，不愛說話，也不肯去醫院看病。

現在，他的記憶開始在20歲到50歲之間跳躍——就是不記得現在。

得知消息後，土橘貓放下工作回了福州一趟。

爺爺還記得他，看到他就說：「恒恒來了！（恒恒是土橘貓的小名）」

爺爺還很高興的說：「你小小的，居然沒走丟，好多人家的小孩子都走丟啦！」但沒過多久，他又忘了孫子是誰。

爺爺也時常想不起兒子，有時候土橘貓的爸爸去給他擦身子，他會說：「這是個好人。」

但過了一會兒，他又會問：「兒子去哪兒了？」實際上，那時他的兒子就坐在客廳看電視。

因為爺爺聽不清，土橘貓特地買了一台平板電腦，可以把字放很大打出來給他看。兩人用平板電腦交流，只說了幾句，爺爺看著平板上的字就掉眼淚，問他怎麼了，他卻不回答。

晚上，爺爺忽然與土橘貓說了許多話，說起自己以前的工作。爺爺反覆叮囑他，工廠裡有一位同事阿姨約四、五十歲，如果看到她，就給她一點錢，在工廠裡打工太苦了。

土橘貓答應了爺爺，去問奶奶那個阿姨是誰，奶奶說那是30年前的事情，那個阿姨已經不在了。

土橘貓此時才真實地意識到，爺爺與自己之間隔著一段好長的時空。

爺爺是家裡的長子，小時候雖然條件艱苦，但他吃得最

好，即使後來自己也過得窮困，卻總想著幫助別人。

他努力了一輩子，也辛苦了一輩子，孫子好不容易賺點錢想孝敬他，他卻已經沒有清醒意識了。

離開福州前，土橘貓想把身上的存款都轉給奶奶，讓她改善生活，照顧好爺爺。轉念一想，給多了又怕奶奶偷偷把錢存著，省下來再還給自己，於是他取了3000塊現金，塞給奶奶，讓她買點好吃的，別省著用，下個月等他回來再給。

回到上海後，土橘貓查了很多關於阿茲海默症的資料，我窩在他的腿上，聽他問我：「爺爺還會記得我嗎？他還會知道冷熱嗎？他還會知道什麼是開心嗎？如果他20歲的時候是最開心的，那他現在只記得20歲的事情，是不是也會開心呢……」

我沒有回答，因為我也不知道。

就像土橘貓希望身邊所有的人開心，卻連我是不是開心也確定不了。

再後來，爺爺病得更嚴重了，半夜總是起來開抽屜，鬧

出很大的動靜，被樓下鄰居投訴，爸爸不得不去醫院請醫生開安眠藥給他。

再後來，爺爺連抽菸都忘了，就靜靜地坐著。

有一天，土橘貓夢見了爺爺。

他問爺爺：「你開心嗎？你人生的每一個階段都開心嗎？」

爺爺回答：「開心。」卻沒有回答是不是每個階段。

夢裡無因果，夢醒時，土橘貓號啕大哭。他問我：「為什麼人的生活這麼苦？」

小貓咪仍然回答不了這個問題。

總有一天，我也會比你先老去，你會面對更多更多人世間的生老病死。

只希望我們回憶起來時，能夠笑著說，一起度過的這個人生階段是開心的。

我們的回憶是甜的。

| 後記 |

愛和死亡
是每個人都要學習的事情

KB呆又呆

　　2024年3月10日13：54，幫幫急性腎衰竭，經歷搶救後，突發大出血不治離世。

　　幫幫從小身體就不好，我總有預感牠不能陪我太久，但沒想到只有過於短暫的這5年。

　　以前我總覺得，如果小貓咪病痛纏身，應該選擇安樂讓牠平靜離開，但實際上，幫幫心跳停止後，我仍然哭著求醫生做了1小時的搶救。

　　　×　　　　　×　　　　　×

　　幫幫走的前一天晚上，我作惡夢了。

　　那天之前我抱著牠在上海轉了三次寵物醫院，大概有30多個小時沒睡覺，直到醫院發來幫幫情況比較穩定的消息，我才終於睡著。

　　夢裡有一個視角比較高的人，可能是幫幫所在醫院的副院長，他和我說，幫幫大出血了。

　　我從夢裡驚醒。

　　那天晚上我後來收養的橘貓福福也作惡夢了，一直在喵嗚喵嗚的求救。

　　幫幫走的那天早上，愛心媽媽說，她家的貓把幫幫以前用的碗從櫃子上推下去摔碎了。

　　然後，幫幫就嚴重大出血，送進搶救室……

　　再後來，我執意帶著冰涼的幫幫回家，牠進家門那一刻，終於合上雙眼。我最後一次為牠擦臉，剪指甲，蓋上小被子，和弟弟妹妹告別。

　　最後在朋友們的幫助下，我們也和牠告別。

　　我把幫幫所有的東西都封存起來，放在櫃子上，不再使

用。幫幫的骨灰放在電腦桌後面的櫃子裡，我想要牠永遠陪著我。幫幫的牙齒做成了項鍊和手鍊，隨身戴著，至少能夠帶牠一起出門去看世界。

此後很長一段時間，白天我總有幻覺幫幫在家裡跑過，晚上就在夢裡哭。總是幻想幫幫在其他房間裡睡懶覺，不知道這種後知後覺的痛苦還要持續多久。

　　　　×　　　　×　　　　×

幫幫彌留之際，我抱著牠，貼著牠的耳朵說：「如果你在那邊缺什麼東西了，你就打碎家裡的一個東西，玻璃、杯子、盤子……什麼都好，讓我知道你在那邊需要我幫忙。」

牠去世的隔天早上，我吃著包子，忍不住問牠：「你沒吃過這個吧，你喜歡辣的還是不辣的？會不會想吃人類的食物？」說著我拿裝著幫幫牙齒的項鍊，碰了碰包子。

背後突然「啪！」的一聲，放在門口的小電視玻璃瓶掉下來摔碎了，看起來就像是瓶子身後的KB娃娃用頭把瓶子頂

下去似的。

我忽然想起幫幫走之前一個月，特別喜歡看電視，我會為牠放毛線滾動的動畫，牠看得特別認真。

我哭著馬上給牠買長明燈、買香、買紙錢，還買了牠會喜歡的小桌子，放在牠最喜歡睡覺的吊籃位置。

走到超市路過甜點貨架時，突然踉蹌一下，我立刻想到：是不是幫幫想吃甜食？這是牠活著的時候不能吃的東西！於是我買了巧克力。

點便利店的外賣，收到貨時不知道為什麼多送了一包瓜子，看訂單居然發現是我買的。我從不吃瓜子，看起來也不像誤按，我一頭霧水的走到幫幫的祭台前，我問幫幫：「這是不是你想買的？你都沒吃過瓜子，怎麼會要吃這種東西，還是焦糖這種怪味道？」

我有點嫌棄的繼續叨唸：「我教你哦，一般瓜子是嗑的過程才算最好玩的，我幫你嗑一點，剩下的全倒在盤子上你自己嗑，一般瓜子是用來聊天，或者閒著沒事聽八卦，或者

看電視時嗑的⋯⋯」

　　這小子這麼快就享受到了嗎？誰教他嗑瓜子看電視的？

　　此後的很多天，祭台上被我擺滿各種奇奇怪怪的東西，有牠以前就喜歡吃的罐頭，還有我想讓牠試試的人類食品。

　　巧克力兔子倒了融化了，大概是牠愛吃吧；小時候偷吃過的漢堡，現在也給牠吃一個吧；還有拿鐵咖啡、貓罐頭泥、豬腳飯、叉燒肉、棉花糖⋯⋯

　　我逐漸學會用擲硬幣的方式來判斷幫幫想吃什麼。

　　我問幫幫，愛喝今天的珍珠奶茶嗎？幫幫說不喜歡⋯⋯

　　我問幫幫，真的不喜歡嗎？我以為你很喜歡的⋯⋯

　　幫幫說，對！我不喜歡！

　　後來我竟然發現，原來幫幫喜歡吃辣！幫幫走的第二天，我吃的包子，是有火鍋味的辣包，而且給幫幫吃後，包子聞起來確實沒味道了。

　　那今晚就吃川味爆炒牛肉和泰椒土豆絲吧！我的寶寶！

×　　　　×　　　　×

往生咒一直在家裡循環播放。

我還在希望幫幫不要迷路，但也許幫幫早就到達目的地了呢！

我總是在安慰自己的同時希望幫幫也能安慰我，但還是會抑制不住崩潰，在祭台前大哭。

我罵牠好狠心，為什麼走了？罵牠走了也不帶我走，罵牠憑什麼不管生死都有這麼多人愛，我說我好羨慕……

我學會不停給牠上香，跟牠說話。

不知道牠會不會嫌煩，一直有人打擾牠看電視。不過這不就是打電話嗎？給喜歡的人打電話有什麼不好？

有一種說法是，小貓咪來世上是有作業的，收集完足夠多的愛，他們的作業完成了就要走了……

幫幫做作業還真快呀！

想了想，這個世界上似乎沒有人會討厭小幫手，那一切都說得過去了。

再想想，有點後悔讓幫幫出現在互聯網上，不然作業可能會完成得慢一點，我的夢想是希望幫幫能活10年，而不是只有5年。

頭七的那天，我跟朋友們去廟裡給幫幫做了一場往生法會。我折了很多很多的元寶，還給牠燒了數碼產品，希望牠在那邊也是一隻富裕的小貓。甚至還給其他往生的孤魂野貓也燒了紙錢，讓大家多照顧幫幫。

其中有一大袋元寶，寄件人那邊寫上「網路上愛你的朋友們」，牠在現世被這麼多人愛，去了那邊，也別忘了這份愛。

如果在那邊玩夠了，希望牠有一天還願意回到我身邊。

疫情結束的那一年，爺爺走了；疫情結束的第二年，幫幫走了。

這本書終有一天要變成我的追憶，只是沒想到來的這麼快。

愛和死亡是每個人都要學習的事情，我也一樣。

小貓咪擔心
你今天有沒有愛自己

著｜幫幫

繪｜白粿

總經理｜李亦榛

特約副總編輯｜施穎芳

特別助理｜鄭澤琪

美術設計｜點點設計 × 楊雅期

小貓咪擔心 你今天有沒有愛自己 / 幫幫著；白粿繪.
-- 初版 . -- 臺北市：樂知事業有限公司 , 2024.07
232 面；14.8 × 21 公分

ISBN 978-626-97564-5-2(平裝)

863.59   113008546

出版｜樂知事業有限公司

電話｜（02）2755-0888

傳真｜（02）2700-7373

網址｜www. sweethometw.com

Email｜sh240@sweethometw.com

地址｜台北市大安區光復南路 692 巷 24 號 1 樓

製版印刷｜兆騰印刷設計有限公司

總經銷｜聯合發行股份有限公司

地址｜新北市新店區寶橋路 235 巷 6 弄 6 號 2 樓

電話｜（02）2917-8022

定價｜380 元

初版一刷｜2024 年 7 月

文化部部版臺陸字第 113145 號

PRINTED IN TAIWAN

本書台灣繁體版由四川一覽文化傳播廣告有限公司代理，
經上海浦睿文化傳播有限公司授權出版

幫幫

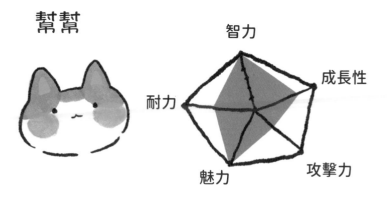

智力
成長性
耐力
攻擊力
魅力

◇ ◇ ◇
　天生擁有魔法力量的哲學家,可以透過超萌的臉龐和叫聲施展魔法,讓人忘記爭鬥。

白粿

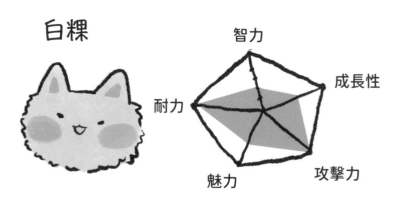

智力
成長性
耐力
攻擊力
魅力

◇ ◇ ◇
　專業的戰鬥家,擁有強健的體魄,雖然腿短,但永遠跑在戰鬥最前線,從不退縮。

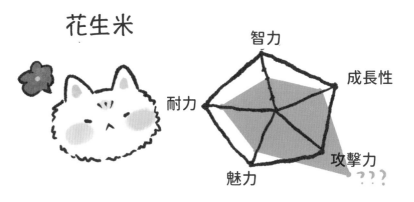

花生米

智力
成長性
耐力
攻擊力
???
魅力

◇ ◇ ◇

　　平時是儒雅的紳士，但如果陷入瘋狂，有
可能發起一波無人能敵的攻擊。

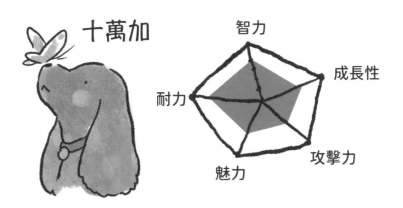

十萬加

智力
成長性
耐力
攻擊力
魅力

◇ ◇ ◇

　　沒有戰鬥能力，但能撫慰人心，常常希望
所有人都能愛上自己。

PetLife

萌寵會員募集中
加入享免掛號費

〔3大好康〕

400+
獸醫嚴選品項

$300
首購折

FREE
免掛號費券

王小明

掃碼加入 🐾